# 거문고, 여섯 줄의 조화

# 거문고, 여섯 줄의 조화

**발 행** ǀ 2017년 11월 6일

**지은이** ǀ 견일영
**펴낸이** ǀ 신중현
**펴낸곳** ǀ 도서출판 학이사

　　　　출판등록 : 제25100-2005-28호
　　　　주소 : 대구광역시 달서구 문화회관11안길 22-1(장동)
　　　　전화 : (053) 554~3431, 3432
　　　　팩스 : (053) 554~3433
　　　　홈페이지 : http : // www.학이사.kr
　　　　이메일 : hes3431@naver.com

ISBN _ 979-11-5854-105-7　03810

이 도서의 국립중앙도서관 출판예정도서목록(CIP)은 e-CIP 홈페이지
(http://seoji.nl.go.kr)와 (http://www.nl.go.kr/kolisnet)에서 이용하실 수 있
습니다.(CIP제어번호: CIP2017028955)

# 거문고, 여섯줄의 조화

견일영 수필집

學而思 | 학이사

# 거문고, 여섯 줄의 조화

수필에 깊이 빠지면서, 그 속에 나를 아름답게 담아보고 싶었다. 문장력이 내 욕심을 다 채워주지 못했지만 그래도 표현력에 온 힘을 쏟았다.

세월이 흐르고 글의 편수가 늘어나자 나보다 더 높은 이상理想을 추구하고 싶어졌다. 글은 그 목표를 따라잡기에 역부족이었다. 이상은 인생에 대해서, 사회에 대해서, 더 큰 미래의 세계관까지 끝이 없다. 표현력은 더 부쳤다.

예술은 우리 마음의 중심을 잘 잡는 데 그 가치가 높이 평가된다. 거문고는 줄이 6개다. 가장 안정된 음을 내는 줄 수가 정해지기까지 많은 시간과 시험을 거치게 된 것이다.

나는 거문고 여섯 줄 앞에서 자신을 되돌아본다. 내가 얼마나 빨리 달리기에만 정신을 빼앗겼던가. 아직도 속도감을 가늠하지 못하고 있지는 않은가. 가슴의 여섯 줄은 조율이 맞지 않아

어설픈 소리만 내고 있다. 나는 수필 속에서 자신의 소명을 다 채워보려고 몸부림쳤다.

　모든 사람이 다 문학가가 될 필요는 없다. 위대한 학자나 평범한 노동자도 성실하고 정직하고 충실하고 겸손하게 살았다면 그것이 가장 이상적인 삶이다. 이것이 소명이다. 천 년 묵은 오동나무에서도 거문고 소리를 간직하며 절의를 지키고 있는데 혹시 내가 세습을 핑계 삼고, 추운 날 매화 향기를 팔고 다니고 있지는 않은지. 느슨한 마음을 수필 속에서 더욱 단단히 묶어본다.

2017년 11월
견 일 영

# 거문고, 여섯 줄의 조화
차 례

# 2/부 도비가트 사람들의 웃음

# 3/부 늘대와 철학

# 4부 제3의 물결

# 5/부 열린 생각

# 6/부 문학평론

# 밤하늘의 트럼펫

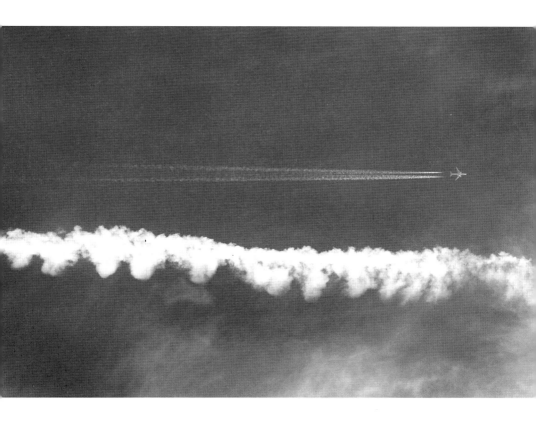

밤하늘을 울리는 취침나팔 소리는 마음을
울적하게 만들었다. 온종일 피압박의 고단
한 일과가 끝나고 잠을 청하는데 은은하게
울리는 나팔소리는 먼 고향으로 나를 데려
다 놓고 눈시울을 적시게 했다.

# 사람은 무엇으로 사는가

　러시아 농부들은 성당에 나가지 못했다. 농노農奴의 신분으로 한가롭게 성당에서 시간을 보낼 수도 없었고 귀족들과 한자리에서 예배를 드릴 수도 없었다. 그들은 교리는 물론 예수님의 행적도 잘 몰랐다. 그런데 그들이 외롭고 힘들 때는 멀리 보이는 우뚝 솟은 종루를 바라본다. 그들은 습관처럼 종루 쪽을 향해 두 손을 잡고 고개 숙여 기도를 했다.

　그들은 수없이 소원을 빌었지만 한 가지도 이루어진 것은 없었다. 그래도 기도는 끊이지 않았고 하루에도 몇 번씩 종루를 바라보았다. 이상하게도 종루를 볼 때나 기도를 올릴 때 마음이 편안해졌다. 외형적 핍박이나 고생과는 전연 달리 마음이 그렇게 편해질 수가 없었다. 그들은 그것이 종교적 사랑에서 우러난다는 것을 모르면서도 언제나 즐겨 그 행동을 지속했다.

사람은 심장이 마구 뛸 때보다 호수처럼 잔잔할 때 행복감을 느낀다. 세월이 흐르면서 그것이 하나님의 사랑으로 이루어진다는 것을 어렴풋이 알게 된다.

톨스토이는 1880년대, 그의 나이 50대에 이르렀을 때 커다란 정신적 위기를 겪게 된다. 이때가 「안나 카레니나」의 집필을 마무리하던 시기로 젊은 시절부터 계속된 삶의 의미에 대한 번민과 회의가 극심한 정신적 고통이 되어 그를 괴롭혔다.

그는 근 4년간 소설 쓰기를 중단하고 철학, 신학, 과학 서적을 섭렵하며 고민했지만 별 도움이 되지 못했다. 그러나 그의 고민을 해결하게 한 실마리를 농부들이 찾아주었다. 농부들은 인간은 신에게 봉사해야 하며, 자기 자신만을 위해 살아서는 안 된다는 것을 실천하고 있었다. 그리하여 마침내 톨스토이는 그리스도의 가르침이야말로 삶의 의미에 대한 자신의 질문에 정확한 답을 주었다고 확신했다.

하나님에게 부여받은 이성은 진리를 알기 위한 수단이고, 인간의 유일한 이성적 활동은 사랑이라는 것을 깨달았다.

톨스토이는 소설을 접고 동화를 쓰기 시작했다. 사랑은 어린아이와 같은 마음이 없으면 생겨나지 않는다. 어린아이와 같은 순진무구한 마음이 아니면 그것은 진정한 사랑이 아니다. 그래서 톨스토이는 성인들의 거짓 생활을 쓰던 소설을 접고, 어린아이의 마음을 표현하는 동화를 쓰기 시작했다.

그 첫 번째 작품이 「사람은 무엇으로 사는가」였다.

구두 수선공 세몬이 아내와 아이들과 함께 어느 농가에 세 들어 살고 있었다. 한겨울 날씨가 너무 추워 세몬은 아내가 입을 코트를 만들 양가죽을 사러 갔다. 가진 돈이 너무 적어 가죽을 사지 못하고 돌아오는 길에 교회 뒤쪽에서 추위에 떨고 있는 헐벗은 나그네를 만났다. 그는 우선 자기가 입은 덧옷을 벗어 그에게 입히고 집으로 데려왔다. 세몬의 아내는 가족도 못 먹고 사는 처지에 거지 같은 나그네를 데려 온 데 불평을 했다. 우선 내일 아침에 먹을 빵이 부족했다. 그러나 착하게 생긴 나그네가 불쌍하게 여겨져 마음을 고쳐먹고 따뜻하게 입히고 먹을 것을 옆집에서 얻어다가 함께 먹었다. 나그네 미하일은 아무 불평 없이 세몬의 집에서 6년을 일했다. 그동안 사랑이 필요한 많은 사건들이 있었지만 미하일은 그것을 하나님의 사랑으로 정성을 다했다. 6년째 되던 날, 미하일은 말했다.

"나는 '사람은 무엇으로 사는가'를 깨닫지 못했습니다. 그래서 계속 여러분의 신세를 지며 하나님께서 마지막 진리를 가르쳐 주시길 기다리고 있었습니다. 그런데 오늘 한 부인이 쌍둥이 여자 아이를 데리고 왔는데 그 부인은 남의 아이 쌍둥이를 지성으로 키우고 있었습니다. 그 여인의 진정한 사랑을 보고 '사람은 무엇으로 사는가'라는 말씀을 깨닫게 되었습니다."

알고 보니 나그네 미하일은 하나님께 죄를 짓고 인간으로 내려온 천사였다. 인간 세상에서 사랑으로 많은 일을 한 덕으로 다시 하늘로 올라가게 되었다. 모든 인간이 이 세상에서 살아가고 있는 것도 그들 속에 사랑이 있기 때문이다.

톨스토이는 그 뒤에도 동화를 계속 썼다. 「바보 이반」, 「촛불」, 「사랑이 있는 곳에 신도 있다」, 「두 순례자」 등 많은 작품을 남겼다. 내용은 모두가 하나님의 사랑이 담겨 있다.

톨스토이는 속세의 소유물로부터 해방되고 타인에 대한 봉사를 목적으로 하는 종교적 은둔 생활을 실천하려고 했지만 부인까지도 그를 이해하지 못했다. 그는 종교적 이상이 뜻대로 호응을 받지 못하자 1910년 10월, 몰래 집을 나와 라잔의 아스타포브 역에서 폐렴으로 쓰러져 82년의 생을 마감했다.

남을 사랑한다는 것은 참 어려운 일이다. 특히 남을 애인처럼 사랑한다는 것은 더더욱 쉬운 일이 아니다. 하나님의 은총으로 하나님의 도움을 받아야 남이 내 애인처럼 어여쁘게 보이고 애인처럼 사랑할 수 있다.

- 하나님은 사랑이시라 사랑 안에 거하는 자는 하나님 안에 거하고 하나님도 그 안에 거하시느니라. -

# 밤하늘의 트럼펫

나팔 소리가 점점 가까이 들려왔다. 부리나케 밖으로 뛰어 나가보니 곡마단 선전 악대가 동네 안으로 들어오고 있지 않는가. 얼마 전부터 마을 앞 공터에 높다란 천막을 올리더니 이제 곡마단이 들어온 것이다. 우리 면에 곡마단이 들어오면 전체 분위기가 들떠 오르게 된다. 그 중에도 트럼펫 소리는 아이들을 열광의 도가니로 빠져들게 하고, 그들의 넋을 빼앗아 놓는다. 곡은 언제나 단조 음으로, 애수에 젖은 고음의 선율을 내면서 아이들 가슴을 통째로 비워놓게 한다.

큰 천막 안에 높이 매달아놓은 그네 위에서 온갖 묘기를 부리는 어린 소녀는 관중의 가슴을 죄어놓는다. 트럼펫은 슬픈 왈츠 곡으로 관람자의 가슴을 애달프게 해놓고는 그네에 매달린 소녀에게 더욱 연민의 정을 느끼게 분위기를 만든다. 마음이 약한 소녀들은 눈물을 훔치며 박수를 보낸다.

그 후 내가 장성하여 군대 생활을 하게 되었을 때, 밤하늘을 울리는 취침나팔 소리는 마음을 울적하게 만들었다. 온종일 피압박의 고단한 일과가 끝나고 집을 그리며 잠을 청하는데 은은하게 울리는 나팔 소리는 먼 고향으로 나를 데려다 놓고 눈시울을 적시게 했다.

근래 가장 사랑 받는 연주곡 '밤하늘의 트럼펫'도 취침나팔 곡을 재즈 풍으로 만든 것이다. 곡을 다양하게 변화시키는 피스톤도 없는 신호나팔에 지나지 않지만 그 곡은 피곤한 병사들을 울리는 정감을 지니고 있다.

옛날 영화 '지상에서 영원으로'는 버트 랜커스트, 몽고메리 클리프트, 데보라카 등 이름만 들어도 가슴 설레는 주인공들의 격정적 연기의 명화다. 눈물을 흘리며 몽고메리 클리프트가 전우 프랑크 시나트라를 위해 연병장에서 연주하던 진혼의 트럼펫 소리는 모든 관객의 눈시울을 적셔놓았다. 고요한 적막을 뚫고 길게 울려 펴지는 트럼펫 소리는 오래오래 우리의 가슴을 떠나지 않았다.


나는 나팔 소리가 좋아 고등학교 재학 때 악대부에 들어갔다. 트럼펫을 불고 싶었지만 처음 들어가면 트럼본이나 바리톤 같은 인기 없는 악기를 맡긴다. 초보자도 소리를 잘 낼 수 있고, 전체 연주에서 조금 틀리거나 때때로 그 소리가 빠져도 별 표가 나지 않기 때문에 주로 저학년에게 배정되었다.

트럼펫은 소리 내기도 어렵고 악대의 주축이 되는 멜로디를 연주하게 되니 상급생이거나 능력이 뛰어난 사람에게 돌아갔다. 그때는 학교 행사가 많아 악대가 큰 역할을 했다. 악대부원은 선망의 대상이 되었고, 전교생의 시선은 트럼펫에 집중되었다.

나는 학교를 졸업하고 군 복무를 마친 후 시골 농업고등학교 국어과 교사로 발령을 받았다. 그때 의욕에 찬 젊은 교장이 악대를 창설하고 싶었으나 발령 받아 오는 음악 교사마다 여교사여서 그의 뜻을 이루지 못했다. 교장은 내가 고등학교 시절 악대부에 있었던 것을 알고 악대부 창설을 강요했다. 군에서 막 제대한 초임 교사인 나는 겁도 없이 악대부를 맡아 지도했다. 가끔 연습을 겸해서 혼자 트럼펫을 불고 있으면 음악 담당 여교사가 풍금과 합주를 해보자고 했다. 여교사도 초급대학을 나온 어린 여선생이었고, 나는 고등학교 수준의 음악 실력밖에 없는 문외한이었으니 무척 긴장되고 조심스러웠다. 멀리 교무실에 있는 선생님들도 음악실에서 들려오는 그 소리에 관심을 가지게 되었다. 어느 선생님이 젊은 남녀가 음악실 구석에서 진지하게 연주하고 있는 모습이 재미있게 보였던지 몰래 사진을 찍었다. 그가 며칠 뒤 사진을 뽑아 나에게 전해주면서 두 사람이 결합하면 좋겠다고 하여 내 얼굴을 붉게 만들었다.

시골 학교다 보니 피아노도 없고 오르간뿐이었다. 처음에는 서로의 음이 잘 맞지 않았다. 오르간의 음은 C조이고 트럼펫 음은 B프렛 조이므로 한 음이 낮은 데 우리는 그것도 몰랐다. 그러나 두 사람이 가까이서 조심스레 음을 맞추는 시간은 즐거웠다. 시간이 거듭될수록 정도 쌓여갔다. 트럼펫 소리는 그 여선생의 가슴속에서도 산골짝의 개울물 소리처럼 청량하게 들렸던 것 같다. 하숙집에서도 바로 옆방에 그가 있었고, 저녁을 먹고 나면 그를 찾아갔다. 그러나 교사라는 신분과 서로의 자존심은 조금도 허튼 소리를 할 수 없었고, 각기 자기 고향 풍물이나 학창 시절의 이야기만 반복했다. 언제나 무엇을 기다리는 마음만으로 세월을 보내고, 시간은 빠른 걸음으로 달아났다.

어느 해 2월 말, 전근 발령은 서로를 갑작스레 헤어지게 만들었다. 그렇게 아름답던 선율도 한 장의 흑백 사진만을 남겨 놓고, 다시는 그 소리를 들어볼 수 없도록 먼 추억으로 만들어 떠내려 보냈다.

사진 뒤에 적혀 있는 연도를 보니 1963년이란 희미한 글자가 보인다. 벌써 50년이란 세월이 흘렀다. 그동안 조개껍질로 바닷물을 퍼 담아도 작은 못 하나는 만들 수 있는 긴 시간이 아닌가. 그도 어느 하늘 아래서 아직도 트럼펫 소리를 기억하고, 그때를 그리워하고 있을까.

점점 많아지는 내 나이를 따라 트럼펫도 내 곁을 떠난 지 오래 되었다. 다만 TV나 컴퓨터 영상으로 가끔 트럼펫 연주를 즐기며 옛날을 회상해 볼 뿐이다. 열세 살밖에 되지 않는 어린 소녀, 멜리사 베네마가 연주하는 트럼펫 '밤하늘의 트럼펫' 곡에 나는 푹 빠졌다. 세계인이 이 소녀의 연주에 모두 감동하고 있다.

원래 니니로스가 1965년에 '침상의 블루스'라는 이름으로 트럼펫의 새로운 연주 스타일을 바꾼 이 곡은 지금도 '밤하늘의 트럼펫'이란 이름으로 그의 명성을 이어가고 있다. 나는 이 곡을 들으며 옛 앨범 속에서 두 사람의 합주 사진을 빼 본다. 50년 전, 음악실에서 단 둘이 합주했던 곡 이름을 더듬어본다. 무슨 곡이었는지 전연 기억이 나질 않는다. 그러나 그때의 뜨거운 감정은 아직도 식지 않고 가슴에 그대로 남아있다.

# 끊어진 다리

멀리 고향 동네로 들어가는 길목, 얕게 흐르는 개울 위를 가로지르는 나무다리는 일 년 내내 끊어져 있을 때가 더 많다. 비록 얕은 냇물이지만 겨울에는 발을 벗고 건너기가 쉽지 않다. 그래서 언제나 겨울이 오기 전에 통나무를 냇바닥에 깊이 박고 그 위에 둥근 생나무를 엮어 매어 외나무다리를 만든다.

마을 노인들은 나무다리 입구에 세워둔 막대기를 강바닥에 짚고 겨우 중심을 잡으며 천천히 건너간다. 어린 아이들은 외나무다리에서 떨어지지도 않고 마구 달려 건너간다. 때로는 마주 오는 아이들과 몸싸움을 하여 둘이 다 물에 빠지기도 한다.

이 다리는 초여름이 되어 모내기철이 가까워지면 조금만 비가 와도 그 일부분이 떠내려간다. 그때부터는 바지를 걷어 올리고 옷과 짐을 가슴에 안고 건너야 한다. 홍수가 지면 목까지 차오르는 물을 건너야 하는데 다 벗은 옷과 짐을 머리에 이고 건너야 하니 무척 힘들고 위험하다.

끊어진 다리, 나는 그 밑을 건너면서 한 번도 원망해본 적이 없다. 나뿐 아니라 동네 사람들 누구에게서도 나무라는 말을 들어보지 못했다. 물이 너무 차다든지, 한여름에 물이 너무 깊어 건널 수가 없다는 말은 해도 누구를 탓하는 말은 아예 하지 않는다. 참 순박한 인심이다.

나는 어린 시절을 여기서 보낸 뒤 객지를 전전하며 수없이 끊어진 다리를 건너야 했다. 그때마다 다리를 원망하다가, 다리를 놓은 사람을 욕하다가, 불어난 냇물을 나무라다가 결국 보이지도 않는 정부나 위정자를 규탄한다. 그들은 새로 놓은 다리도 흠잡고, 잘 건너는 사람도 손가락질 한다. 발전했다고 하는 사회는 남을 탓하고, 자신은 책임의 울타리를 벗어나는 얄궂은 버릇만 키워놓고 염치없이 말잔치로 온 나라를 색칠하고 있다.

오백 년 전, 풍기 군수 황준량黄俊良은 죽령竹嶺 아래 금계錦溪에 정사精舍를 짓고, 책을 읽으며 제자들과 강론하기를 꿈꾸면서 다가올 노년의 삶을 시로 표현했다.

휘어 꺾여 맑은 산골 물을 따르고,

얽히고 돌아 끊어진 다리를 건너네.
언 구름이 돌구멍에서 피어나고,
찬 눈이 소나무 끝에 쌓이네.

그는 끊어진 다리를 건너 초가집에 돌아가서 고기 잡고 나무 하면서 늙고 싶어 했다. 그러나 그는 그 뜻을 이루지 못하고 47세에 세상을 떠났다. 퇴계 선생도 그의 죽음이 애통하여 직접 행장行狀을 쓰고, 두 편의 제문을 지어 후세에 남겼다. 행장에는 이런 글도 실었다.

그가 아름다운 산수를 지날 때 그냥 지나치지 못하여 풍경을 보며 배회하고, 시를 읊느라 밤이 되도록 집에 가는 것을 잊었다.

사람이 한평생을 살다보면 수없이 높은 산 밑의 난간을 지나고, 깊은 내의 다리를 건너야 한다. 가는 곳마다 반듯한 다리가 기다리고 있다면 얼마나 다행이겠는가. 옛 선조들은 끊어진 다리를 예사롭게 여기면서 그냥 물길을 건너다녔다. 그러나 문화가 발달한 오늘날 사람들은 신발에 흙 한 톨, 물 한 방울도 묻히려 하지 않는다. 이것이 발전했다고 하는 문명사회다.

최근 소설가이며 시인인 복거일 씨는 2년여 전에 간암 말기 진단을 받았지만 항암 치료를 거부했다. 그는 남은 시간을 온

전히 글을 쓰고 싶어서 항암 치료를 받지 않기로 결심했다고 한다. 그는 끊어진 다리 밑을 아무 불평 없이 바지를 걷고 첨벙 첨벙 걸어가면서 '생명 예찬'이란 글을 썼다. 우리의 생명은 물처럼 흘러가는 것이다. 어떤 장애가 괴롭힘을 주더라도 물길을 즐기며 그냥 걸어가는 것이 예찬할 만한 삶의 방법이 되는 것이다.

　객지에서 온갖 풍상을 다 겪고 끊어진 다리를 회상하며 옛 고향을 찾아갔는데 그리던 고향의 모습은 아니었다. 끊어진 다리는 없어지고 콘크리트 다리가 그 자리를 메우고 섰으니 무지개 같은 내 꿈이 하얗게 지워지고 말았다. 이제 거대한 물질의 힘이 나의 낭만과 꿈과 그리움을 송두리째 빼앗아 갔다.

　그때 끊어진 다리 밑을 무심히 흐르던 강물은 지금 어디쯤에서 흐르고 있을까. 벌써 바다로 가서 수증기가 되어 구름으로 다시 고향을 찾았다가 되돌아가기를 수없이 반복했을 것이다.

　나는 세월 속에 얹혀 아직도 낡은 꿈을 버리지 못하고 끊어진 다리를 생각한다. 순수한 사랑으로 이루어진 끊어진 다리는 흔적도 없이 사라지고, 겉치장으로 사랑이 빠진 콘크리트 다리가 덩그러니 그 자리를 차지하고 있다. 문명이란 이름은 순박했던 옛날을 망각하게 하는가 보다.

# 죽령역

끝이 보이지 않는 긴 철길, 두 줄로 나란히 뻗어간 그 길을 따라가 본다. 오른 쪽 산위를 쳐다보니 까마득한 절벽, 정상이 보이지 않는 울창한 산림이 시야를 가린다. 왼쪽 산 밑 계곡을 내려다보니 천인단애, 현기증이 나면서 겁부터 난다. 이렇게 험한 곳에 어떻게 철로를 놓을 수 있었을까. 일제 말기에 경부선 하나로는 전쟁 물자 수송에 불편을 느껴 새 선로를 만들어야 했고, 이곳의 풍부한 자원 개발에도 수송로를 확보해야 했으므로 이렇게 힘든 난공사를 감행하여 경경선(경성에서 경주 간)을 만들었다.

언제나 철길만 보면 고향처럼 그리움이 솟아난다. 철길을 따라 어디론가 멀리 떠나가고 싶은 충동이 일어난다. 옛날에 보았던 그 철길은 조금도 변하지 않았는데 주변 환경은 많이 변했고, 그때 그곳에 있었던 사람들은 다 어디로 갔는지 흔적도 없다.

죽령역은 소백산맥을 넘어가는 중앙선의 가장 높은 산 위에 서 있다. 해발 700여 미터, 북쪽으로 내려가면 단성역이고 남쪽으로 내려가면 희방사역이다. 높은 죽령역에서 단성역으로 내려가려면 너무 급경사가 되어 철길을 바로 완만하게 할 수가 없어 산속에서 천천히 한 바퀴 돌아가는 똬리굴을 만들었다. 그래도 못 미더워 옛날 단양역에는 제동 장치가 고장이 나면 미처 차를 제어할 수가 없어 마구 내려오는 열차를 산으로 올리도록 피난선을 만들어 놓았다.

그때는 교통편이라고는 철도뿐이었으니 손님이 많았고 소백산을 오르거나 머루나 다래를 따려는 농부들이 들끓었다. 몇 채 안 되는 철도관사 입구에는 죽령 산골에서 내려오는 물이 큰 관을 타고 사시사철 콸콸 쏟아져 내렸다. 역원 가족들은 그 물로 음식도 해 먹고 빨래도 했다. 물이 넉넉하니 집집이 따로 수도를 설치할 필요도 없었다.

옛날 조선시대에는 죽령역이 있던 곳을 '용부원'이라고 했고, 희방사역이 있던 곳을 '수천리'라고 하여 영하취락嶺下聚落이 형성되어 있었다. 이곳에서는 높은 산을 오르기 전에 사전 준비를 하고, 몸을 푹 쉬어 안전에 대비했다. 죽령 옛길은 신라

아달라왕 5년에 열린 길로 경상도에서 서울로 가는 지름길이었다. 과거보러 가는 선비들과 관원들, 장사꾼들로 사시사철 번잡했다고 한다.

수년 전부터 간이역이 되었다. 자가용이 불어나고 동네 앞길마다 버스가 수시로 다니니 하루에 몇 번 다니는 여객열차가 필요 없게 되었다. 기차역에는 손님도 화물도 없어졌다. 이제는 아예 역원도 없는 역원 무배치역이 되었다.

옛날 안동철도국에 다니시던 아버지는 죽령역에 어린 나를 데려가 신비한 자연의 모습을 보여주셨다. 철도관사 입구로 쏟아져 들어오는 자연수의 모습, 죽령에서 쳐다보는 소백산맥의 웅장한 산세 그리고 머루를 한 광주리씩 이고 기차가 도착하면 차창 문을 열고 그것을 거래하던 모습은 어린 내 눈에 신기하게만 보였다. 기관사도 정해진 정차 시간보다 좀 더 지체해주며 머루 장수들을 도와주었다. 그때는 기차가 조금 연착하는 것쯤은 문제가 되지 않는 낭만이 있었다.

아버지는 철도에 대한 상식도 많이 가르쳐 주셨다. 경사가 심한 죽령 단양 간에는 루프터널을 만들어 놓았다는 것과 급경사가 되어 기관차가 오르막길에 미끄럼을 타면 모래를 뿌려주는데 기관차 앞머리에 얹혀있는 큰 철모 두 개가 모래 통이라고 했다. 한 번은 기관차에 직접 태워 화부(기관조수)가 석탄을 열심히 화통 아궁이에 퍼 넣는 모습도 보여주셨다. 기관차는 몹시 흔들렸고 굴속에 들어가면 연기와 석탄재가 그대로 기관차 안으로 들어왔다. 기관사는 거의 앞을 바로 볼 수도 없었지만 노련하게 열차를 잘 끌고 갔다.

아버지는 머루를 한 자루 사서 집으로 가져갔다. 그 머루로 술을 담갔는데 술이 익어 걸러놓으니 새빨간 색깔이 참 보기 좋았고, 순하고 감칠맛이 나는 술맛은 포도주와는 비교가 되지 않았다.

텅 빈 간이역은 무인도처럼 쓸쓸하다. 긴 나무 의자가 덩그렇게 남아서 옛 이름만 지키고 있다. 얼마나 많은 사람들이 저 의자에 앉아서 오가는 가차를 기다렸겠는가. 그리고 그들은 눈물로 웃음으로 만나고 헤어지기를 얼마나 여러 번 되풀이 했겠는가.

나는 승강장에 앉아 기차를 기다려 본다. 비록 이 역에 서지는 않지만 통과하는 기차라도 보고 싶었다. 드디어 기차가 올라온다. 옛날 증기 기관차가 숨찬 소리를 내며 힘겹게 올라오던 모습은 보이지 않고 아주 수월하게 기계음만 내면서 전기 기관차가 많은 화차를 수월하게 끌고 올라오더니 같은 속도로 그냥 지나간다. 별로 감동이 오지 않았다. 먼 고향을 그리워하게 하던 기적 소리가 들리지 않으니 더 허전하다. 아예 인정머리조차 없어 보인다.

다시 철길 부근을 살펴본다. 나지막한 작은 꽃들이 띄엄띄엄 피어 있다. 아무도 보아주지 않는 철길 가에 외롭게 피어 있는 꽃을 보며 흘러간 세월을 헤아려본다. 허무한 그림자가 나를 우울하게 한다. 그때 자상하시던 아버지, 친절하게 안내하던 역장, 기관사, 차장 그들은 지금 어디로 떠났는가. 생자필멸生者必滅이라 했으니 철길은 예대로 평행선을 잇고 있지만 인걸이 어찌 지금껏 그 자리를 지켜낼 수 있겠는가.

　주인도 없는 역사를 푸른색으로 칠해 놓았다. 벽 높이 매달린 '죽령'이라는 역 이름도 푸른색깔이다. 푸른 산속을 타고 내려온 골바람이 빈 역사 위를 무심하게 스쳐 지나간다.

# 내 꿈은 어디에서 잠자나

어릴 때는 꿈이 수도 없이 많았다. 부자도 되고 싶었고, 높은 벼슬도 하고 싶었고, 아름다운 여인과 결혼도 하고 싶었다. 그뿐만 아니라 보는 대로 다 가지고 싶었고, 내가 아는 것은 다 해보고 싶었다.

그러다가 지나온 시간보다 앞으로 남은 시간이 더 적어지게 되니 세상이 바로 보이기 시작하고, 꿈도 작아지게 되었다. 먼동이 트게 되면 사라져 가는 별들처럼 꿈도 다 어디론가 떠나가 버렸다. 자연히 욕심도 바닥이 보일만큼 줄어들었다. 이제 옛날의 꿈이 결실을 맺어 영화를 누릴 때가 되었는데 그 꿈은 허옇게 바랜 색깔로 영광의 행방을 흐리게 하고 있다. 꿈은 어디에서 잠자고 있는가.

지난날 나는 꿈을 향해 달리면서 그 욕심에 취해 교만이 먼저 가슴을 채웠다. 내 주관 이외의 다른 모습으로 보이는 것은 아무 가치가 없는 것으로 치부했다. 모두가 헛것으로 보였다. 남들의 지식이, 그들의 범절이, 그들의 이상이 바로 보이질 않았다. 모두가 바른 사회를 창조하지 못하고 어두운 곳에서 서성거리고 있는 것만 같았다.

나는 나만의 기도를 하면서 남이 나에게 관심을 두지 않는 것을 부족한 인간성으로 취급했다. 내가 그들에게 한 것은 아무것도 없는데 당돌하게도 내 중심으로 지구가 돌아야만 되는 줄 알았다.

고운 꽃도, 모양 있는 나무도 풍우를 겪지 않고는 제 모습을 다 나타내지 못한다고 했다. 누구나 고통과 시련을 겪지 않고는 제 모습을 바로 찾지 못한다. 산을 산이라고 하는 것은 제 모습을 바로 본 것이다. 나는 여기에 적응하지 못했다. 내 세계만을 고수했다. 모르는 것은 어린아이에게서도 배워야 한다는 것을 유치하게 생각했다. 참고 적응하는 마음과 자세에서 사랑을 깨닫게 되고, 기다림이 기쁨이 된다는 소중한 진리를 너무 늦게 알게 되었다.

나는 꿈이 많았다. 크고 작고, 많고 적다는 차이만 있을 뿐 누구나 다 가지는 것이 꿈이 아닌가. 소심한 심장은 남의 앞에서 말도 잘 못했다. 겨우 이루어진 꿈이라는 게 큰 꿈을 향한 길목에서 짓밟히며 자란 쇠비름 같은 것에 지나지 않았다. 그것마저 어디서 언제 나를 찾아왔는지도 몰랐다. 진정한 꿈은 낮은 데 있고 가장 낮은 데서 출발해야 된다는 것을 한 편의 시에서 배웠다.

유안진 시인은 꿈이 낮은 데 있다는 것을 노래했다.

낮은 데 더 낮은 데로 / 내려가다 보니 / 가아장 낮은 그곳에는 / 높으나 높아서 더 높을 수가 없는 / 가아장 높은 분이 계오십디다요.

그는 낮은 데서 기나긴 기도가 된다는 신앙적 울음을 터뜨렸다.

누구나 깊은 강을 건너간다. 누구나 죽음의 문턱에 서서 지난날을 헤아려본다. 이루지 못한 꿈의 발자국이 눈물의 강 위에 떠 있다.

죽을 때가 되면 세상이 바로 보이고 꿈을 버려도 아깝지 않게 된다.

나는 소설가가 되고 싶었다. 일제강점기 철도국에 근무하셨던 선고의 희망은 이광수나 김동인 같은 소설가가 되기를 바라셨다. 이런 꿈은 당시 한글이라도 아는 우리 민족의 바람이었고, 그것이 나라를 정신적으로 지키는 방편이 된다고 생각하셨다.

나는 세상이 감동하는 글을 쓰고 싶었다. 초등학교 때 '반달'이란 동요를 읽고부터였다. 그러나 그 꿈은 어디로 떠돌다가 느지막이 가까이 다가왔지만 그 꿈이 꽃을 피우기에는 때도 늦고 힘도 부족했다. 그러나 그 꿈은 아직도 무지개처럼 아름답게 내 머릿속을 떠나지 않고 있다.

　겨우 몇 권의 수필집과 소설 한 권을 냈다. 문학의 한 구석에서 종이만 낭비하고 우물 안 개구리로 빠끔한 하늘만 쳐다보고 있다. 그 좁은 곳을 탈출하려고 몸부림치지만 세월의 무게는 이것마저 가는 길을 힘들게 하고 있다. 꿈이 욕심을 버리고 진실을 추구해도 이미 능력이 쇠잔하니 그 꿈은 빛을 내지 못한다.

　경험이 부족해서인가, 시련이 그 경지까지 도달시키지 못해서인가. 아마 지식보다 가슴이 달구어지지 않아서 그런 것 같다. 넓게 보고, 따뜻한 온기가 있고, 남을 용서하며 내가 희생하는 데 웃음을 잃지 않는 그런 가슴을 지녀야 내가 바라는 꿈이 이루어지리라 생각한다.

　아, 내 꿈은 어디에서 잠자고 있는가.

# 솜털 같은 사랑으로

옛날 사람들은 사물의 본질에 대하여 많은 관심을 가졌다. 과학이 발달하지 못하였으니 신비한 자연의 본질을 더 먼저 규명해 보고 싶은 게 당연했으리라. 그러나 오늘날 인류는 이런 문제보다 자신에 대한 연구와 어떻게 살아가야 하는가에 더 관심을 가진다. 이러한 흐름 속에서 인간 자신을 보는 시각을 관찰해보면 현대에 가까울수록 인간을 소중히 생각하고, 다른 사물까지도 예쁘게 보려는 쪽으로 나아가고 있음을 알 수 있다.

부모와 자식이 서로 이해하려고 노력하고, 고부간에도 서로 좋게 보려고 애쓴다. 남의 나라 사람도, 자기와 다른 종교도, 심지어 감옥 속의 죄인까지도 좋은 점을 찾아 이해해 주려고 노력한다.

가장 인간적인 사람은 남을 좋게 보는 심성, 어려운 사람을 불쌍하게 여길 줄 아는 마음을 키워주는 것이 기본자세가 되었다. 가난한 사람도, 못난 사람도, 장애인도 다 내 이웃으로 더불어 살아갈 수 있는 자비로운 마음을 먼저 가져야 한다고 생각하게 된 것이다.

　소리 높이 정의를 부르짖으며 상대방이 넘어질 때까지 투쟁하기보다 잎새에 이는 바람에도 괴로워할 수 있는 자비심을 먼저 가지는 것이 중요하다. 대부분의 정의론자들은 자기 자신이 이만큼 성장할 때까지 정의의 육모방망이 밑에서 자란 것이 아니라 솜털 같은 사랑과 용서 속에서 컸다는 것을 잊고 있다. 이 세상에는 하늘을 우러러 한 점 부끄럼 없는 사람이 어디 있겠는가.

　사랑의 출발선은 남을 불쌍하게 여기고 용서하는 데 있다.

　맹자도 사람에게 네 가지 마음이 있는데 그중 측은지심을 첫번째로 꼽았다. 측은지심을 품게 되면 처음에는 사람이 불쌍하게 느껴지지만 혼이 점점 더 커지면서 세상이 불쌍하게 느껴진다. 이러한 마음이 생기면 천지가 감동하게 된다. 천지를 감동시킬 수 있는 힘은 오직 혼에서만 나오기 때문이다.

　우리는 용서 속에서 살고 있고, 자비 속에서 생명을 부지하고 있는 것이다. 정의란 남의 잘못을 캐는 것보다 나의 잘못을 스스로 인정할 때 더 크게 보이는 법이다.

사랑은 줄 때 더 즐겁다. 사랑의 가치는 얼마나 주었느냐에 눈금을 맞추어야 한다. 그것도 자신이 직접 주어야 한다. 어머니가 자식에게 젖을 먹이며 사랑의 눈빛을 오뉴월 햇살처럼 쏟아 부을 때 그것이 진실한 사랑이다.

아직도 교육을 물이나 나무의 원소를 분석하듯 그 본질만 따지려고 하는 사람이 많다. 맹모나 사임당이나 또 한석봉 어머니는 자식을 그렇게 훌륭한 성인·군자·예술가로 키웠어도 교육에 대한 유명한 말은 한마디도 남기지 않았다. 오직 사랑과 용서로 자식을 키우며 스스로 바른 길을 걷게 했다.

지금 우리 사회는 다른 것은 몰라도 교육이라고 하면 한마디씩 다 한다. 더구나 국민이 보고 있다 싶으면 솔깃한 말을 마구 늘어놓으며 목청을 높인다. 자기 자식의 이익만 염두에 두고 남의 자식이나 국가의 장래는 안중에 두지 않는다.

고관대작들이 청문회에서 자기 자식의 위장전입이 드러나고 그것 때문에 곤욕을 치르는 것을 수없이 본다. 그러면서 그들은 국가 민족을 위하여 일하겠다고 포부를 밝힌다. 그렇게 키운 아이가 훗날 사회에 나가서 과연 떳떳하게 처신할 수 있겠는가. 인간다운 인간을 만든다는 것은 참으로 어렵다. 그것은 마술 같은 신통력이나 기적 같은 하늘의 도움이나 감언이설로 꾀어서 되는 것이 아니다. 부모나 스승이 자식과 제자에 대하여 사랑의 눈으로 지켜보며 백 번이고 천 번이고 용서해 줄 때 그들은 진정한 인간미를 지닌 사람으로 커 가게 될 것이다.

이 세상은 정의로 유지되는 것이 아니라 솜털 같은 사랑과 용서로 유지되고 있는 것이다.

## 떠나간 자리

떠나간 자리는 텅 비었다. 그 자리가 왜 그리 크게 보이고 슬프게 느껴지는가. 내가 떠난 자리도 누군가 그렇게 생각해 줄지 모르겠다. 그것도 욕심이다. 욕심이 찼던 자리는 더 처량하게 보일 뿐이다.

그는 많은 것을 남겼는데 내 눈에 들어오는 것은 아무것도 없다. 눈이 녹고 난 뒤의 쓸쓸한 추억만 남아 있다. 그렇게 소복이 쌓였던 눈덩이들이 어디로 갔는가. 제법무아諸法無我, 모든 존재는 실체가 없다고 하지 않았는가.

덧없는 강 언덕에서 빈손을 흔들다가 떠나는 가을과 함께 어디론가 사라진 갈댓잎, 나는 그와 같은 모습으로 떠날 것이라고 청승맞은 예상을 한다. 내가 떠난 자리에는 무엇이 남을까.

나이가 많아지면 사진도 찍지 않는다. 다 없어질, 그것도 보관될 시간이 얼마 남지 않은 그 하찮은 추억을 구태여 만들어 무엇 하랴. 허무만 더 쌓아놓는 어리석은 짓이 아닌가. 여행지에서 단체 사진을 찍을 때도 렌즈를 피하여 고목나무 뒤로 몸을 숨긴다.

내가 사랑했던 사람, 귀여워했던 아이들, 희로애락을 함께 나누던 이웃들, 내가 떠난 뒤 그들에게는 아무것도 남겨진 것이 없다는 데 놀랄 것이다. 그보다 내 흔적이 금세 잊힌다는 데 더 제행무상諸行無常을 느끼게 될 것이다. 그들은 내 자리를 이어받는 것이 아니라 새로 마련한 제자리에서 나를 잊고, 자신의 세계를 구축하게 될 것이다.

세상 사람들은 어리석게도 역사책에 제 이름이, 제 흔적이 오래오래 남으리라 믿는다. 우리는 지난날의 역사를 아주 간편하게 말한다. 신라 천 년, 고려 오백 년, 조선 오백 년. 그 긴 역사 속에 고관대작과 절세가인이 얼마나 많았겠는가. 그 귀한 존재들이 몇 개의 숫자 속에 묻히고, 그들의 화려한 행적은 늦가을 찬 서리에 떨어지는 한낱 낙엽에 지나지 않는다는 것을 확인한 순간 얼마나 큰 실망감에 젖어 우울해지겠는가.

동문회 명부에서 옛날을 회상하며 많은 이름을 더듬어 본다. 그렇게 가슴 태우던 보석 같은 이름을 찾아본다. 남들처럼 주소와 전화번호가 기록되어 있어야 할 자리에 '작고'라는 두 글자가 싸늘하게 박혀 있다. 언제 어떻게 죽었다는 말 한마디도 없이 딱 두 마디 글자로 허망한 세월을 대변하고 있다.

별은 너무 멀리 있어 언제나 그리움을 동반한다. 그러나 가까이 있는 달보다 그 별을 더 사랑한다. 그 별들이 헤아릴 수 없이 많아도 싫증이 나지 않는다. 거기에는 빈자리가 없기 때문이다. 내가 눈여겨본 별은 내가 죽을 때까지 그 자리에 있고, 캄캄한 밤에 더 가까이 나를 지켜주고 있다. 그들도 수억 년이 지나면 사라지겠지만 짧은 내 생애에서는 서운한 모습을 보이지 않으니 그것이 나에게 얼마나 큰 위안이 되겠는가.

가을비가 멎고 찬 기온이 엄습해 온다. 모든 것을 떠나게 하는 늦가을, 하늘이 수정처럼 맑게 개어 있다. 11월의 단풍은 여름에 이루지 못한 아픈 사랑을 빨간 색으로 물들이고 더 머물지 못할 대지 위에 삶의 의미를 정리하고 있다. 누구나 떠난다. 남아 있는 시간을 소중하게 생각하며 그 시간을 보석처럼 가슴에 담고 떠날 준비를 하고 있다.

세상에는 미워하는 사람이 많다. 가장 가까이 있는 사람을 더 미워한다. 가까이 있는 사람과 손을 잡는 것이 더 힘들다. 그러나 그가 떠나면 아쉬워한다. 불가에서는 전생에 가장 미워했던 사람이 아내가 되고 자식이 된다고 했다. 가까이 있는 사람과 그렇게 다투다가 한 사람이 먼저 세상을 떠나면 그 빈자리가 너무 크게 다가와 후회하고 슬퍼하며 몸부림을 친다.

떠나간 자리는 슬프다. 떠나지 않을 수 없는 운명이 인생무상
으로 내 가슴을 하얗게 비워 놓는다.

# 우애友愛

니체는 '풍요한 관습의 기초가 있어야만 성숙한 예술이 꽃피고 열매 맺을 수 있다.'고 했다. 인간애가 넘치고 서로가 화목하게 지내는 수많은 덕목은 하나의 관습으로 정착되고 그 아름다움은 예술로 꽃피우게 되는 것이다.

우애도 관습 중의 하나다. 옛날 우애로써 우리에게 교훈을 주고 마음을 흐뭇하게 한 사례가 얼마나 많았던가. 그 중 탁영濯纓 김일손金馹孫 선생의 우애가 역사에 남아 우리를 감동시키고 있다.

지금부터 500여 년 전인 성종 13년 10월, 탁영의 나이 19세 때 과거 정시庭試가 있었다. 그는 맏형 준손駿孫과 중형 기손驥孫과 함께 시험장에 나갔다. 맏형은 탁영에게 큰 기대를 하고 있었다. 동생의 손을 잡고 격려를 했다.

"너는 우리 집안의 해와 같다. 문장만 출중한 것이 아니라 세상의 이치를 꿰뚫고 바로 보는 혜안이 있으니 틀림없이 장원을 할 것이다. 마음을 안정하여 시험을 잘 보도록 하여라."

탁영은 형의 말에 감동했다. 같이 시험을 보러 왔는데 자신보다 동생을 더 기대하고 격려하는데 눈물이 나려고 했다. 둘째 형도 그의 손을 잡고 당부한다.

"너는 아직 나이 어리니 조금도 당황하지 말고 심사숙고하여 너의 빼어난 학문을 유감없이 발휘하도록 하여라. 이제 가문을 빛낼 때가 되었다."

탁영은 또 감동했다. 두 형은 탁영이 틀림없이 장원 급제하리라 믿었고, 그것이 가문의 자랑으로 크게 떨칠 것을 생각하며 자신들의 시험보다 동생의 시험을 더 걱정하고 기대했다.

왕은 궁정에 거동하여 시무책時務策에 관한 문제를 출제했다. 탁영은 문제를 보자 여러 생각이 머리를 꽉 메워 마음이 무거웠다. 지금까지 공부하면서 담아 두었던 학문의 심연 속에 이 문제는 충분히 소화하고도 남을 것 같았다. 그러나 시험은 상대적인 것. 두 형이 자기 때문에 낙방하거나 급제하더라도 자기보다 뒤로 밀려나면 얼마나 상심하게 될까.

여기까지 생각이 미치자 그냥 자리에 앉아 있을 수가 없었다. 그는 갑자기 배를 움켜쥐고 고통스런 표정을 지었다. 형들도 과장에서 자리를 잡고 응시하는 처지여서 동생에게 가까이할 수가 없었다. 탁영은 배를 움켜쥐고 과장을 떠났다.

과거는 무사히 끝나고, 탁영의 꾀병은 그의 의도대로 들어맞았다. 중형 기손이 장원을, 맏형 준손이 차석을 차지했다. 왕이 이를 알고 특명으로 형제의 서열대로 순서를 바꾸어 갑·을을 정하게 했다. 탁영은 꾀병이었다는 내색을 추호도 나타내지 않고, 두 형의 급제를 충심으로 송축드리며 기뻐했다.

탁영은 뒷날, 23살이 되던 해 7월에는 영남좌도 감시監試의 초시初試 양장兩場에 합격하고, 8월에는 복시覆試에서 생원을 일등으로, 진사는 2등으로 합격했다. 이어 9월에는 식년정시式年庭試에서 문과 초시에 3장三場을 모두 장원으로 합격하고, 10월에는 복시覆試 중흥대책中興對策에서 1등으로 합격했다.

고시관 서거정이 사람들에게 자랑하며 기뻐했다.

"이번 방榜에서 장원한 김일손은 틀림없이 비상한 인물이다. 그의 언론을 들으면 추상같이 삼엄하고, 그의 문장을 보면 대해와 같이 넓고 헤아리기 어렵다. 우리는 이제 조정을 위해 인물을 얻었다."


지난날 우리 풍습에는 형은 동생을 사랑하고 동생은 형에게 걱정을 끼치지 않도록 하는 것이 인륜의 덕목으로 전해왔다. 그러나 지금은 그런 관습보다 그와 반대되는 모습을 더 많이 보게 되니 마음이 편하지 않다. 우리나라의 재벌 치고 우애 있는 집안은 거의 볼 수 없다. 사이가 좋지 않을 뿐 아니라 법정에까지 가서 다투는 부끄러운 모습으로 세인을 실망시키고 있다. 권력이나 재산이 무엇이기에 그토록 아귀다툼을 하는가. 측은지심惻隱之心이나 사양지심辭讓之心 같은 사단四端은 보이지 않는다.

이상하게도 세상 사람들은 그들의 도덕성보다 큰 재산으로써 사회 대중에게 얼마나 기여를 했는가에 더 관심을 가지고 있다. 우애 따위는 아예 관심을 두지 않는다. 그들에게 박수를 보내는 사람들의 모양은 꼭 공연장 풀에서 미꾸라지 먹이에 빠져 춤추는 돌고래를 구경하는 것 같다.

관습에 따른 진정한 우애는 가난하고 어려운 사람들이 더 마음을 쏟고, 서로가 조금이라도 더 형제에게 주려고 애쓰는 것이다. 우애에 금이 가게 할 것 같아 기꺼이 금 구슬을 강물에 던졌다는 고사는 우리의 마음을 감동시키고 푸근하게 해준다.

신라 경덕왕 때 월명사는 죽은 여동생을 그리며 제망매가祭亡妹歌를 지어 불렀다. 그는 다음 세상에서도 동생과 함께 하기를 기원했다.

어느 가을 이른 바람에, 여기저기 떨어지는 잎처럼
한 가지에 나고, 가는 곳 모르는구나.
아, 미타찰에서 만나볼 나, 도道닦아 기다리겠노라.

# 호박 덩굴

　우리 형제들은 호박 덩굴처럼 잘 자랐다. 아들 여섯, 딸 하나 칠 남매가 순이 닿을 곳만 있으면 달라붙어 덩굴처럼 쑥쑥 잘 뻗었다. 밥 때가 되면 어머니 혼자 일일이 밥그릇을 다 챙길 수가 없으므로 밥과 반찬을 큰 그릇에 담아 상 위에 그냥 얹어 놓으면 일곱이 빙 둘러앉아 순서도 없이 마구 퍼먹었다. 밥은 자기 양대로 퍼가고, 반찬은 공동으로 눈치껏 나누어 먹었다. 반찬 투정 같은 것은 아예 없다. 밥상머리에서 자식들에 대한 어머니의 정겨운 말씀은 한 번도 들어본 적이 없었다. 식사가 끝나고 보면 언제나 그릇은 밑바닥이 훤히 들여다보였다. 쌀 걱정은 해도 반찬 걱정은 하지 않았다.

　자는 방도 부모님 방, 내가 장남이라고 아주 작은 방 하나를 독차지하고, 나머지는 큰 방 하나에 한데 뒤섞여 뒹굴며, 자며, 생활했다. 개인 이불은 없고 몇 개의 이불을 서로 당겨 덮고 잤다. 자다가 보면 밑에 동생은 이불도 없이 배를 다 내놓고 자고 있었다. 그래도 호박 덩굴은 푸른빛을 더 짙게 하고 멀리멀리 뻗어나갔다.

집안에 호박 한 포기만 심어 놓아도 덩굴은 담 위로, 지붕 위로 마구 뻗어 올라갔다. 어디든 닿기만 하면 덩굴은 거침없이 기어 올라갔다. 담 위로 뻗은 덩굴 마디마디에 호박꽃이 만발하고 꽃이 진 자리에 귀여운 아기 호박이 열었다. 조그만 호박은 다 시든 호박꽃을 머리에 이고 하루가 다르게 자랐는데 언제 보아도 참 예쁘고 귀여웠다.

어쩌다 지나가는 장난꾸러기의 손끝에 그 작은 호박 하나가 해코지를 당하면 아버지는 바로 나를 부른다. 내가 장남이니 부모님이 걱정하시지 않도록 그 상처를 낫게 해야 한다. 하루해를 넘기는 것도 죄스러워 7남매는 바로 힘을 모아 상처를 씻은 듯이 낫게 했다. 나는 선임하사 노릇을 톡톡히 했고 명을 어기는 동생은 한 사람도 없었다. 덩굴 속에는 일사불란한 유전자가 흐르고 있는지 낙오자 한 사람을 구하기 위하여 나머지 여섯은 기꺼이 힘을 나누었다. 어떤 어려운 일이든, 돈이 얼마나 많이 들든 나누기의 묘수 앞에서는 어떤 마귀도 조용히 손을 들고 말았다. 나의 능력은 형제 수로 나누는 구구단 실력과 전언통신문처럼 신속히 동생들에게 상황을 전달하는 것뿐이다.

　연대 작전과에서 가장 위세를 떨치는 일 중의 하나가 전언통
신문 발송이다. 사단에서 내려온 작전 명령을 각 대대에 전달할
때, 시간이 촉박하니 3개 대대를 동시에 호출한다. 레드(1대대),
화이트(2대대), 블루(3대대)라고 암호명으로 확인을 하면 세 곳에
서 즉시 응답을 해온다. 나는 전통문을 빨리 읽어나갔다. 그래
야만 수신자들은 긴장하고, 나를 두렵게 생각하기 때문이다. 수
신자들은 내가 일등병밖에 되지 않는다는 것을 알면서도 쩔쩔
매는 척했다. 낱말 하나라도 빠지는 날에는 그 화가 크게 미치
게 되니 어찌 나를 만만하게 볼 수 있겠는가.

　속담에 '호박 덩굴이 벋을 적 같아서야' 라는 말이 있다. 한창
흥할 때라고 함부로 세도를 부릴 것이 아니라는 말이다. 나는
전언통신문 하나에도 허세를 부렸으니 집에서도 아버지의 이
름을 팔아 동생들에게 얼마나 강압적 자세를 취했겠는가. 그것
은 일사불란한 우리집의 유전자가 아니라 한낱 상명하복의 풍
습에 지나지 않는 것이었다.

　우리집 덩굴도 군대만큼 위계질서가 뚜렷하고, 작전명령과
시행은 신속했다. 집안에 문제가 생기면 바로 전언통신문으로
사건 개요가 하달되고, 나는 그에 대한 해결책을 바로 수합하여

여섯 군데로 하달한다. 어지간한 큰 문제도 일곱으로 나누어 보면 별로 어렵지 않고 시간도 많이 걸리지 않았다. 그것도 이틀을 넘기지 않았다. 그것은 동생의 사고가 항상 위급하여 바로 해결해 주지 않으면 넝쿨 한 줄기가 잘려나가기 때문이다. 부모님은 부족한 자식에게 마음을 더 많이 쏟았다.

흐르는 세월은 시간에 따라 모든 것을 거두어갔다. 푸르다 못해 검은 빛을 띠던 호박 덩굴도 아버지가 세상을 떠나자 뿌리를 잃어 이내 시들고 새로운 덩굴이 새 자리를 잡기 시작했다. 어디든지 뻗고 기어오르던 기세, 큰 뿌리에서 발령되던 위세와 그것을 거침없이 전달하던 선임병의 기세가 갑자기 시들고 말라버렸다. 무엇이나 힘이 빠지면 멈추게 되고, 영원히 움직이는 것은 없게 된다. 멈춤과 동시에 덩굴은 시들고, 그마저도 세월을 따라 어디론가 사라졌다.

나는 지금 어느 다 시든 덩굴에 기대어 신의 은총만을 고대하고 있다.

인도에서 어떤 계급에도 들지 못하는 불가
촉천민 도비왈라는 대대로 빨래일만 한다.
이들은 비싼 세제 대신 땅속에서 파낸 '탕'
이란 돌로 빨래를 문지르고 물먹은 빨래를
휘둘러 바닥에 내리쳐서 때를 뺀다.

# 내 집 주소住所

지금까지 내 집 주소가 바뀐 것이 스무 번도 더 된다.

주소는 나를 따라 다니는 것이니 그를 나무랄 수는 없지만 얼마나 못 살았으면 열 손가락이 모자랄 정도로 옮겨 다녔을까. 그것도 공무원이란 핑계로 아내가 도맡아 이사를 하고, 나는 어사 출두하듯 퇴근길에 새로 얻은 집에 들어가니 참 못난 짓을 해도 많이 했다.

옛날에는 대부분의 사람들이 나 같은 생활을 했으니 군청에서도 아예 본적이라는 것을 만들어 토끼집 옮기듯 거주지를 혼란시키는 사람들의 행방을 고정시켜 놓았다. 이제는 행정이 발달하여 본적이 없어도 거주지를 빠뜨리지 않고 전산처리를 정확하게 하니 구태여 이중 주소지를 만들 필요가 없어졌다. 또 그 본적이라는 것이 출신지를 밝히게 되니 지역감정을 유발한 다고 그것을 없애는 사유가 되기도 했다.

내가 어렵게 살던 시절, 셋방을 옮기고 퇴근 후에 새집을 못 찾아 전에 살던 집에 가서 물어물어 찾아가기도 했다. 전화기도 일부 가정에만 있던 시절이었으니 전화가 없는 내 집을 찾아가 는 것이 쉽지 않았다. 내 간이 좁쌀 만했던지 이사를 가는 데도 기관장에게 결근은 고사하고 조퇴라도 허락받을 용기를 내지 못했다. 만만한 아내에게 모든 것을 맡겼다. 아이 셋을, 한 놈은 업고 두 놈은 손목을 잡고 짐꾼 뒤를 따라 낯선 셋집으로 향했 으니 그 고통이 얼마나 컸겠는가. 나는 모범 공무원 상도 한번 받아 보지 못한 주제에 그런 날도 청렴결백이라는 도깨비 같은 글자만 되뇌며 쏘다녔다.

내 주소지는 나의 삶이 기록된 역사다. 그렇게 자주 집을 옮 겼으니 행복했던 기억보다 슬픈 추억이 더 많다. 내 소유로 된 집이 생기고부터 한 곳에 머무르는 시간은 조금씩 길어졌다. 수 없이 많은 셋집을 벗어나게 된 기쁨이 12평 공무원 아파트를 샀 을 때였다. 그러나 그 집도 아이들이 크고 집안 식구들도 불어 나니 기제사나 명절 때가 되면 무척 불편했다. 결국 조금씩이나 마 집을 늘려나갈 수밖에 없었다.

셋방살이는 슬펐다. 어린 아이들 숫자를 줄여서 신고하고 집 을 얻을 때도 있었다. 그 거짓말을 용서 받기 위해서는 주인에게 온갖 아양을 다 떨어야 했다. 자존심 같은 것은 아예 간직하지 말아야 했다. 주인집 아이와 싸움이라도 생기는 날은 죽을상이 되었다. 강아지 한 마리도 마음대로 키울 수가 없었고, 주인집 개가 내 아이를 물어도 말도 못했다. 한번은 그집 개가 아이에게 훌쩍 뛰어 오르는 것을 작대기로 막았다고 그 집에서 쫓겨나기도 했다.

세월이 약이던가, 이제 당당하게 집안 행사도 넉넉하게 할 수 있는 집을 마련하고 보니 이사 갈 일이 없어져 좋았다. 주소지도 대학로 16길이라고 바뀌고, 우리집 주소가 명확하게 정해져 집으로 쪽지가 전달되어 왔다. 이제 죽을 때까지 살고 싶어졌다. 지금까지 내가 살아왔던 집들은 지금 살고 있는 집보다 모두가 작았다. 과거는 작게 보이는가. 지난날의 나도 지금보다 작게 보인다. 생각도 좁았고, 세상을 보는 안목도 작았고, 남에게 베푸는 자비도 만족스럽지 못했다. 그렇게 크게 보이던 할아버지, 아버지, 삼촌까지도 세상을 떠나고 많은 세월이 흐르니 무척 작게 느껴지고 영상도 희미해 보인다.

신라 천년도 고려, 조선 오백 년씩도 지금보다 나을 것이 없다. 이제 굶어죽는 사람이 없으니 얼마나 세상이 많이 변했는가. 오히려 적게 먹으려고 온갖 방법을 다 찾아내고, 곡식이 너무 많이 쌓여 그 보관료 걱정을 하고 있으니 과거가 얼마나 작은 존재로 보이겠는가.

나는 이사를 갈 때마다 그날 저녁에는 밖에 나와 하늘을 쳐다봤다. 언제나 쫓기듯 이사를 다닌 셋방, 주인집 마당을 벗어나서 골목에 나와 캄캄한 하늘을 마음껏 훑어본다. 어느 곳에서나 나를 내려다보는 별은 크기도 같고 위치도 같았다. 별들은 이사를 가지 않아도 되니 얼마나 좋겠는가. 새벽이면 서쪽 하늘로 기울어지는 별도 있지만 그것은 지구가 돌고 있기 때문이지 그 별의 주소지가 바뀌는 것은 아니다.

변함없는 별빛, 그 작은 별 하나하나가 나에게는 위안을 주고 때로는 희망을 내려주기도 했다. 이제는 내 집이 있고, 누가 세를 독촉할 일도 없으니 별을 찾을 일도 없어졌다. 몇 십 년 만에 한 번 온다는 만월도 창문으로 힐긋 한 번 내다 볼 뿐 별로 신기함을 느끼지 못한다. 이제 내 슬픈 가슴도 많이 줄어들었나 보다.

당당한 내 집, 대학로 16길 6, 그 6자가 아파트 이름이다. 비록 6이라는 적은 숫자 하나지만 내 마음은 두둑하다. 더 부러워할 일도 더 걱정할 일도 없다. 제법무아諸法無我, 모든 존재는 실체가 없으니 또 무슨 욕심이 필요하겠는가.

# 도비가트 사람들의 웃음

이 세상에서 가장 아름다운 것은 어린아이의 웃는 모습이다. 가장 듣기 좋은 것도 아이들이 철없이 웃어대는 밝은 소리다. 내가 보기에는 그렇게 웃을 일도 아니고, 그렇게 깔깔댈 사연도 없는데 함박꽃 같은 모습으로 자지러지게 웃고 있다. 이 세상에서 가장 욕심이 없고, 서로 다투지 않고, 보기 좋기만 한 것이 웃음이다.

웃음은 인간을 창조하면서 가장 성공한 작품이다. 거기에는 돈도 명예도 어떤 음모도 없다. 아이들은 가랑잎이 굴러가는 모습을 보고도 웃고, 아무것도 아닌 일에도 웃음을 터뜨린다.

사진작가들은 이것을 놓치지 않는다. 어느 신문사는 매년 이 웃음을 테마로 사진 공모전을 열고 있다. 많은 사진작가들이 온갖 웃는 모습을 영상으로 담아 응모한다. 그 사진만 보아도 즐겁다. 내 마음속 깊은 곳에 잠자고 있던 순정이 얼굴을 쏙 내민다.

어떤 작가가 도비가트 사람들의 웃는 모습에 반하여 반년 동안 그들과 같이 생활하며 사진만 찍어주다가 귀국하여 사진전을 열었다. 인도 뭄바이에는 120년 역사를 가진 가장 큰 빨래터, 도비가트가 있다. 영국 식민지 시대 때 이주해 온 영국인들과 이슬람의 침입과 박해를 피해 이곳에 정착한 페르시아인들의 빨래를 주로 도맡아 하고 있다. 지금은 호텔, 병원, 공장 그리고 의류 수출입상으로부터의 일감을 맡아 하기도 한다.

인도에서 어떤 계급에도 들지 못하는 불가촉천민不可觸賤民 도비왈라는 대대로 빨래일만 한다. 이들은 비싼 세제 대신 땅속에서 파낸 '탕'이란 돌로 빨래를 문지르고 물먹은 빨래를 휘둘러 바닥에 내리쳐서 때를 뺀다.

신도 버린 사람들, 인도 인구의 15퍼센트나 되는 제5계급, 이들에게도 웃음이 있다는 것을 발견한 이 사진 작가는 웃는 얼굴을 찍는 데 정신이 팔려 귀국할 시간도 잊었다. 어렵고 힘들게 생활하는 사람들에게 스스로 웃는 모습을 보게 하고 거기서 힘과 용기를 얻을 수 있도록 격려하기 위한 나름의 봉사활동이었다. 도비가트 사람들은 그에게서 받은 사진을 소중하게 간직하며 집안에서 잘 보이는 곳에 걸어둔다. 이들 중에는 태어나서 처음으로 자신이 찍힌 사진을 받아본 사람도 있었다. 아침에 일하러 나가면서 이 사진을 보고 용기를 얻고 희망을 그리면서 발걸음을 가볍게 한다고 한다.

그들은 사진기만 대면 웃는다. 그들의 얼굴이 인화되어 손에 쥐어졌을 때 너무 좋아 또 웃어댄다. 이 세상의 어떤 천민도 웃음이 있다는 것은 누구에게나 아름다운 인간의 태곳적 본성이 존재하고 있다는 것을 의미하는 것이다. 특히 어린아이들이 웃는 모습은 부잣집 아이들의 웃음과 조금도 다름이 없다. 해맑은 웃음! 얼마나 우리 마음을 순진무구한 원초적 기쁨으로 채워주고 있는가.

내가 어릴 적에도 먹을 것이 없어 소나무 속껍질을 벗겨 그것을 삶아 먹기도 하고, 신발이 없어 맨발로 다니고 옷이라곤 누더기 같은 것을 걸치고 겨울을 나곤 했는데 그래도 그때 동무들과 만나면 계속 웃으며 장난도 치고, 쇠풀을 뜯기도 했다. 동무가 넘어져도 놀라거나 애처롭게 생각하기 전에 웃기부터 했다. 너무 많이 다치거나 무릎에 피가 흐르면 그제야 겁이 나서 도와주고 부모에게 알려 드리곤 했다. 비록 가난해도 웃음은 그만큼 우리를 위로하고 힘을 실어주었다.

돈을 많이 벌면 긴장하여 웃음이 먼저 사라진다. 벼슬이 높아지면 위엄을 유지하기 위해 웃음을 아무 데나 흘리지 않는다. 애처롭게도 병이 들면 웃음이 접근하지 못하고 곁에 있는 간병

인도 웃음을 숨긴다. 나이 들면 웃음이 멀리 달아난다. 웃음도 제가 살 곳이 아니라고 생각했던지 늙은이에게는 천진난만한 웃음을 찾아 볼 수가 없다.

이 시간에도 인도의 도비가트의 천민들은 한국인이 찍어준 사진을 소중하게 간직하면서 환하게 웃는 자신들의 모습에 위로와 긍지를 가질 것이다. 그들과 함께한 사진작가는 그의 경험을 솔직하게 고백했다.

"내가 천민들에게 사진으로 위로를 준 것보다 그들의 웃는 모습에서 인간이 창조될 때의 순수한 모습을 발견하고, 내가 도리어 그 웃음으로 위로를 받게 되었다. 그것은 나의 멘토였다."

이 세상의 가장 낮은 천민의 웃음에서 가장 높은 영혼을 발견하게 된 것은 실로 사람의 마음속에 깊이 잠재되어 있는 진실을 찾아낸 큰 행운이 아니었던가.

# 바람의 언덕

　바람이 없는 언덕이 있겠는가. 나뭇짐을 지고 겨우 언덕에 오르면 냉수 같은 시원한 바람이 땀에 젖은 얼굴을 식혀준다. 그 언덕은 나무꾼의 신선대다.

　전국에 '바람의 언덕'이란 이름을 붙여 뭇사람을 즐기게 하는 곳이 많다. 거제도 외도에 있는 '바람의 언덕', 태백 매봉산에 있는 '바람의 언덕', 영덕 바닷가에 있는 '바람의 언덕' 등 수도 없이 많다. 거기에는 꼭 바람을 이용한 네덜란드형 풍차가 아니면 현대식 풍력발전소가 들어서 있다.

　값없는 청풍을 값진 전력으로 만들어 MWH라는 전력량 수치로 표시하는 것을 보면 과학의 힘이 얼마나 큰 가를 절감케 한다. 나는 영덕 바닷길, 이름도 아름다운 영덕 블루로드를 천천히 걸어가 본다.

그 길을 따라가다 보면 동해의 쪽빛 바다가 그림처럼 펼쳐지고, 맞은편 언덕을 높이 쳐다보면 풍력발전기의 큰 날개 모습이 이국적 분위기를 자아낸다. 윙윙 큰 날개가 돌아가는 소리가 아주 은은하게 들린다. 거인 같은 모습을 하고서도 점잖고 나직하게 자신을 알리고 있다.

한쪽 날개의 길이가 무려 41m가 되고, 중심 높이가 80m, 회전자 직경이 82m나 되니 가히 거인 풍차라고 불러야 걸맞을 것 같다.

우리나라 에너지의 해외 의존도가 97%요, 화석연료로 인한 환경 폐해는 심각한데 이러한 천연 에너지는 얼마나 우리에게 유익한 자산을 안겨 주는가. 우리나라 경제의 가장 큰 부담이 화석연료를 구입해야 하는 일인데 천연 자원을 그냥 활용한다면 경제와 환경 문제를 동시에 해결할 수 있어 두 마리 토끼를 통째로 잡는 셈이 된다. 언덕을 올라 하얀 날개를 더 가까이 가서 본다. 천천히 돌아가는 그 모습이 참 듬직하면서도 아름다운 여인처럼 곱게 보인다.

이곳의 풍력 발전에 대한 믿을 수 없는 뒷이야기를 뜬금없이 들어본다.

어느 날 영덕의 아이들 다섯 녀석이 불장난을 했다. 불은 애써 가꾼 영덕의 녹색지대를 사흘 밤낮을 계속 태우고 있었다. 도대체 왜 불이 꺼지지 않을까? 산불이 꺼지지 않음을 연구한 결과 이곳 영덕 언덕에는 이상하게도 계속해서 바람이 불고 또 계속 머물고 있음을 간파했다. 그래서 아이들이 불장난에 의해 이곳 바람의 언덕에 지속적인 바람이 불고 있다는 것을 알게 되었고, 이것을 이용하여 영덕 풍력발전단지가 조성되었다고 한다.

천천히 돌아가는 바람개비를 보며 어린 시절의 팔랑개비가 주마등처럼 떠오른다. 그때 나는 팔랑개비를 들고 바람이 부는 방향으로 힘껏 달리다가 넘어지기도 하고, 또래 아이들과 팔랑개비의 돌아가는 속도 경쟁을 하기도 했다. 그 팔랑개비가 빨리 돌아갈수록 좋아했던 그 순진무구했던 마음, 더 생생하게 돌아가는 추억 속에 동무들의 이름이 하나 둘 떠오른다. 희고 큰 발전기의 날개가 내 앞을 지날 때마다 그들의 이름이 떠오른다. 태산이, 씨돌이, 판기, 조와이, 엉구 등 촌스런 이름이 더 정겹게 내 가슴을 가득 메운다. 그때는 왜 아이들의 이름을 천하게 지었는지 모르겠다. 이름이 예쁘면 귀신이 잡아간다는 말을 순진하게 믿고 있었던 것 같다.

한 쌍의 연인들이 풍차 밑을 천천히 걸어가고 있다. 옷 모습이나 행동이 서양인처럼 보여 네덜란드의 풍차가 떠오른다. 그 먼 곳의 낭만이 오랜 세월이 지나 우리나라 바람의 언덕에도 재현되고 있는 것이 흥미롭다. 옛날 방앗간으로 돌아가던 풍차가 최신의 발전기가 될 줄이야 누가 예상이나 했겠는가. 이 풍차 밑에서 중세기의 펜싱이라도 벌어졌으면 참 재미있겠다는 실없는 생각을 해 본다.

공기가 움직이면 바람이 된다. 나비의 날개가 바람을 일으키고 그것이 태풍이 된다고도 한다. 바람이 있어야 꽃이 피고, 바람이 불어야 비가 온다. 바람으로 나무가 자라고 이 언덕에도 바람이 생기를 북돋우고 있지 않는가. 바람이 발전기를 세우고, 이곳의 풍광을 멋지게 살아 움직이게 했다.

바람이 세게 불어야 나뭇잎이 흔들리고, 그 힘으로 나무속의 물을 100m나 높은 꼭대기까지 끌어올린다고 한다. 생물은 움직여야 하고 바람은 모든 생물을 움직이게 밀어준다. 파도가 일지 않으면 물고기도 죽는다. 산소를 바닷 속으로 집어넣는 작업이 바람의 힘이라고 생각하니 신비한 자연의 섭리가 경이롭다.

바람의 언덕에 서서 삶의 원리를 생각한다. 나도 한갓 바람덕에 살고 있다고 생각하니 내가 너무 단순하고 평범해 보인다.

나도 바람의 언덕이 되어 멋진 풍차를 돌리고 싶다.

# 멋진 시민

내가 어릴 때 고향 선산에서 가장 많이 쓰는 말 중에 하나가 '멋지다'다. 그때만 해도 도시문화와 멀리 떨어진 농촌에서는 신문도, 라디오도 없었으니 일상 언어는 아주 단순하고 세련되지 못했다. 거의 주먹 같은 소리뿐이었다.

잘하거나 좋게 보이면 '멋지다'라고 하고 잘못하거나 보기 싫으면 '문디 같다'고 했다.

초등학생이었던 그때, 우리의 장래 꿈은 군수가 되는 것이었다. 우리가 볼 수 있는 최고위 인사가 군수뿐이었기 때문이다. 세상을 넓게 보지 못했으니 생각이 거기까지밖에 미치지 못했다. 그래도 조금 넓게 생각하거나 인간 됨됨이를 이상으로 생각할 때는 멋진 사람이 되는 것이었다.

그로부터 봄, 여름, 가을이 서른 번을 지나 내가 구미고등학교에서 근무할 때 구미시에서 '시민헌장'을 만들게 되었다. 영광스럽게 내가 그 헌장의 문장을 만드는 일에 참여하는 시민헌장 제정 전문위원이 되었다.

나는 전국의 시민헌장은 물론 일본의 여러 시의 헌장까지 찾아본 끝에 구미시민헌장의 초안을 만들었다. 먼저 서문에서 '금오산이 우뚝 솟고 낙동강이 가로 흐르는 구미시는 개펄을 일구어 산업을 일으킨 활기찬 도시입니다. 우리는 오랜 전통 속에 빼어난 인물이 배출된 이 고장의 자랑스런 주인으로서 뜻 모아 지킬 이 헌장을 마련합니다.'

이 서문 밑에 다섯 가지 지켜야 할 덕목을 기술했는데 제일 마지막 덕목에 '산업과 문화를 크게 일으켜 넉넉하게 살아가는 멋진 시민이 됩시다.' 라고 했다. 여기서 멋진 시민은 다섯 개 덕목을 총괄하는 의미도 있었다.

나는 어릴 때 내가 '멋진 사람' 이 되고자 했던 이상을 온 구미시민이 '멋진 시민' 이 되도록 하는 헌장이 된 것을 무척 감격스럽게 생각했다. 옛날 내가 그렇게 혐오했던 '문디 같은 인간' 이 안 되고 '멋진 인간' 이 된다는 것이 얼마나 자랑스러운가.


멋이라고 하면 우선 외형을 연상한다. 멋쟁이는 외모나 그 행동을 지칭하게 되었다. 그러나 진정한 멋은 인간 내면에 있다.

돈이 많은 사람이 검소하게 산다든지 가난해도 남을 따뜻하게 도우며, 권력자가 약자 편에 서서 선행을 실천할 때 멋지다고 할 수 있다. 교황이 국산 소형차를 이용했다거나 비행기 안에서 일반석에 앉아 있었다고 하면 정말 멋지다는 생각이 들지 않겠는가.

세상도 멋이 있는 세상이 되었으면 좋겠다. 만약 세계인류헌장을 만든다면 '멋진 세상 사람이 됩시다' 하는 덕목을 끝에 넣고 싶다.

멋은 돈으로 사는 것이 아니다. 높은 산 밑을 흐르는 구름, 재잘거리는 산골짝의 개울물, 산 다람쥐가 도토리 줍는 모습, 붉은 잠자리 떼의 군무 이것이 진짜 멋이다.

돈 화장을 한 여인, 불안하게 높이만 자랑하는 건물, 생기가 없이 모양만 떠벌린 인조 잔디는 마음을 감동시키지 못한다.

별은 너무 멀리 있다. 그리고 너무 많다. 그런데 이상하게도 가까이 있는 화폐보다 정이 가고 그렇게 많아도 싫증이 나지 않는다. 별들은 우리가 꼬집어 말할 수 없는 신비한 멋이 있기 때문이다.


먼 옛날을 회상해 본다.

선산 이문동 연봉리에서 태어난 김종직 선생, 역시 그곳에서 태어난 사육신 하위지 선생, 선산 고아면 오로리에 은거했던 생육신 이맹전 선생, 구미 금오산 밑에서 백세청풍百世淸風의 기상을 남긴 야은 길재 선생이 정말 멋있는 분이 아닌가.

구미 시민은 모름지기 빼어난 인물이 배출된 이 고장의 자랑스런 시민으로서 산업과 문화를 크게 일으켜 넉넉하게 살아가는 멋진 시민이 되어야 한다.

# 낙화암

개가 공자를 보고 짖는 것은 그분이 어질지 않아서가 아니고 주인이 아니기 때문이다. 사람은 자신의 주인이 어질지 않아도 때로는 그를 위하여 목숨도 버린다.

나당연합군이 물밀 듯이 쳐들어올 때 백제를 주인으로 섬기는 어린 소녀들은 주인의 이름을 더럽히지 않으려고 꽃처럼 바위 위에서 떨어졌다. 그 바위를 천삼백 년이 지난 오늘까지 존경하는 이유는 무엇일까?

떨어지는 것은 날개가 없다. 그러나 날개보다 더 값진 영혼은 영원히 주인과 함께한다. 먼 훗날 그 영혼은 여러 색깔을 띠고 보는 이마다 가치 판단을 달리하겠지만 주인을 향한 일편단심 앞에는 누구나 숙연해지지 않을 수 없다. 지엄한 왕의 손길 한

번 잡아보지도 못한 궁녀들은 오직 적군에게 잡혀 치욕을 당할 것만을 걱정하고 광풍 앞에 우수수 떨어지는 낙화落花가 되었다. 누가 그 바위 이름을 낙화암落花岩이라 명명했는가. 끊임없이 흐르는 세월이 떨어지는 꽃처럼 지나갔지만 사람들은 그 바위 이름 하나로 가슴을 애달프게 물들였다.

사람들은 언제나 자신을 사랑하고, 남의 생명을 존중했다. 어떤 죽음도 긍휼히 여기며 자비로 그것을 다독였다. 아무 욕심도, 영화도 바라지 않고 오직 나라의 명예를 지키려는 갸륵한 죽음이 천년 풍화에도 그 충절을 잃지 않고 예대로 꼿꼿이 서 있다.


지나온 역사를 속속들이 파헤쳐 보면 바위 위에서 목숨을 던졌다고 누구나 존경을 받는 것은 아니다. 대부분 자신의 부정적 심사를 이기지 못하여 바위 위에서 돌처럼 떨어졌다. 누구도 그들을 애닯다고 조상弔喪하지 않았다.

계백장군은 나당연합군의 침공 앞에 먼저 나라를 생각하고 명예를 죽음보다 소중하게 생각했다. 승산이 없는 싸움을 예견하고 자식과 아내의 목을 먼저 쳤다. 오천 군사와 함께 장렬히 전사하면서 불명예의 흔적을 조금도 남기지 않았다.

천삼백 년의 세월이 흐르는 동안 많은 길손들이 이곳을 찾았다. 그들의 눈에는 도성을 방어했던 부소산성이 애처롭게 보였다. 삼천 궁녀의 영혼이 잠든 백마강 위의 구름이 오늘따라 무척 아름답게 보였지만 그것을 한낱 경치로 보지 않고 궁녀들의 영혼이 깨끗했다는 표상으로 여겼다. 강바람이 시원하고 마주보는 절벽이 멋있게 보였다. 그 절벽 색깔이 붉게 보이는 것은 당시 백제 소녀들이 떨어질 때 절벽에 부딪쳐 피로 물들었기 때문이라고 한다.

서기 660년, 의자왕 20년, 왕은 충신 성충成忠, 홍수興首의 간곡한 충언을 흘려듣고, 향락에만 빠진 결과 계백 장군을 결사케 하고, 삼천궁녀를 백마강 물에 수장시키고 말았다. 장군은 나당연합군이 백제의 사비성으로 쳐들어왔을 때 결사대 오천여 명을 이끌고 황산벌에 나아가 신라군 5만여 명에 맞서 최후의 결전을 벌였다. 백제군은 지형이 험난한 요충지 세 곳에 진을 치고 신라군과 네 번을 싸워 모두 승리했다. 그러나 화랑 관창 등의 죽음으로 전의를 가다듬은 신라군에 수적인 열세를 극복하지 못하고 패배했다. 계백장군도 병사들과 함께 장렬히 전사했다.

한 나라가 망하면 이긴 군사 수보다 억울하게 죽은 사람이 더 많다. 유비무환은 백성을 사랑하고 나라를 지키려는 곧고 굳은 마음에서 우러나오는 것이다.

도성을 방어했던 부소산성은 튼튼했다. 만리장성이 튼튼하지 못해 적군을 막지 못한 것이 아니라 장수가 방심하고 소홀히 해서 패했다. 성을 세우는 것보다 그 성을 지키는 것이 더 어렵다고 하지 않았던가. 한 나라의 흥망성쇠는 반드시 있는 법이다. 누가 그 나라를 어떻게 책임지고 있는가에 따라 피할 수 없는 희비를 맞게 되는 것이다.

남부여南夫餘에 뿌리내린 백제의 사직은 그렇게 나약하지 않았다. 한 순간의 방심은 그 두터운 성벽을 일시에 허물어뜨렸다. 백제의 아름다운 문화를 다시 복원하려는 큰 공사가 지금 한창이다. 길손이 백화정百花亭을 찾아 천삼백 년 전의 비극을 더듬어 본다.

화려했던 백제가 678년 만에 멸망한 슬픔을 조상한다. 백마강에 노를 저어 고란사를 찾아간다. 다시 삼천궁녀를 조상하고자 하나 읊어 위로할 말이 떠오르지 않는다. 억울한 죽음 앞에는 조의를 표하는 명문이 존재하지 않는가 보다.

# 지하철역에서

　전동차가 들어오는 진동음이 출입구까지 들려온다. 나는 빨리 승차 패스를 찍고 계단으로 내려간다. 내가 사는 아파트 앞 전철역은 선로가 남천 냇물 밑을 지나기 때문에 무척 깊다. 긴 계단을 두 번 내려가야 한다. 승강장에 도달하자 전동차가 막 떠난다.

　천장에 매달린 안내판에 주황색 글씨가 기분을 언짢게 한다. '전동차가 방금 출발했습니다. 다음 차를 기다려 주십시오.' 7, 8분을 기다려야 한다. 그 시간이 왜 그렇게 길고 지루하게 느껴지는가. 내 나이 황혼 길에 접어들면서 빠르게 달아나는 시간을 안타까워했는데 지하철역에서 기다리는 시간은 왜 그렇게 빨리 지나가기를 원하는가.

어쨌든 다음 차를 기다리는 시간은 지루하다. 뒤로 돌아서 벽에 부착된 광고랑 유명인의 시들을 훑어본다. 유안진의 시「호박꽃」이 눈에 들어온다.

탕자蕩子 돌아옵니다.
가장 소중한 젊은 시절을 울긋불긋 야단스런 꽃비에 취하여, 낯선 타관을 유리방황타가 가슴 두다리는 붉은 주먹과 뜨건 눈물만으로 돌아옵니다.

반도 덜 읽었는데 전동차가 진입한다는 버저가 울린다. 마음이 급하다. 시詩의 중간을 뛰어넘어 끝 부분을 빨리 읽어 내려간다.

꽃이여 호박꽃, 내 어머님 웃음이여, 그대 심정 마르지 않는 젖줄기 유유히 강기슭에 꿀을 뜯는 철부지송아지로 마냥 어리광에 뛰놀다가, 서릿발 수북한 당신 머리맡에 뒹굴뒹굴 탐스러운 호박덩이로 의젓이 여물어가게 하셔요 네, 어머님.

세월의 빠름을 탓하다가, 몇 분간의 기다리는 시간의 느림을 탓하다가, 그 좋은 글을 다 읽지 못하도록 너무 빨리 도착하는 빠른 시간을 또 탓한다. 나는 나에게 주어진 정확한 시간보다 내가 소유할 수 있는 시간에만 관심을 쏟고 있는 것이 아닌가. 그래서 그 시간의 길이는 일정하지 않고 내 좁은 소견머리 속에서 춤추고 있는 것이다.

다행히 차 안은 혼잡하지 않다. 노인석을 제외한 모든 의자에는 스마트폰을 들여다보고, 바쁘게 손놀림을 하는 사람들만 앉아 있다. 세상살이에 주눅이 든 영혼들이 입을 꼭 다문 채 스마트폰에서 탈출구를 모색하고 있는 것이 애처로워 보인다. 거기에는 기쁜 소식도 있고, 재미있는 메모도 있을 것 같은데 웃는 얼굴을 보기 힘들다. 그래서 그런지 화면을 밀어 올리는 손놀림이 점점 더 빨라지고 있다.

노인석에 앉은 나는 머릿속에 지난날의 세월을 헤아리고 있다. 조금 전에 읽은 「호박꽃」의 글귀가 짠하게 가슴을 적셔온다. 어머니의 허연 머리맡에 호박덩이로 다시 귀엽게 여물어가고 싶어 하는 작자의 심정이 가슴을 찡하게 한다. 내가 그런 모습을 한 번도 보여주지 못한 지난날이 비가 줄줄 새는 낡은 영상 속에 탕아의 모습으로 떠오른다. 나는 애써 불효했던 지난날의 흔적을 흙탕물로 지우고 있다.

도착지가 가까워 온다. 상냥한 목소리로 다음 역 이름을 불러준다. 영어 안내는 흘려 쓴 글씨 같아서 무슨 뜻인지 분간이 잘안 된다. 일본어 안내는 정자로 쓴 글씨처럼 분명하다. "마모나꾸 반월당 에끼데스."

반월당역에는 1호선, 2호선에서 쏟아져 나온 인파로 북적인다. 나는 그 인파에 떠밀려 밖으로 나간다. 평생 만족스런 눈으로 세상을 보지 못하고 탐욕의 눈으로만 본 세상은 궁핍하기만 했다. 나는 이것을 떨치지 못하고 소태 같은 세월에 떠밀려 어디론가 흘러가고 있다.

언젠가는 종착역이라는 안내 방송이 나오겠지. 3개 국어로 나오는 안내 말, 나는 어느 곳으로 가야 할까? 지하철역에서 나에게도 다가올 마지막 지점을 헤아리며 부질없는 상상을 해 본다.

# 거문고, 여섯 줄의 조화

한 사문沙門(도를 닦는 중)이 어느 날 밤에 가섭 부처님의 '유교
경'을 외우는 중에 그 소리가 슬프면서도 급하게 회한에 가득
차 물러서려는 것처럼 들렸다. 부처님이 사문에게 물었다.

"너는 출가 전에 집에서 무엇을 했느냐?"

"거문고를 즐겨 탔습니다."

"거문고 줄이 느슨하면 어떻게 되는가?"

"소리가 나지 않습니다."

"거문고 줄이 너무 팽팽하면 어떤가?"

"줄이 끊어지게 됩니다."

"그러면 팽팽하지도 느슨하지도 않으면 어떻게 되는가?"

"모든 소리가 제대로 나옵니다."

그러자 부처님이 말씀하셨다.

"사문이 도를 배우는 것도 이와 같다. 마음이 적절하고 조화로우면 도를 얻을 수 있다. 마음이 항상 청정하고 즐거워야 도를 잃지 않는다."

예술은 우리 마음의 중심을 잘 잡는 데 그 가치가 높이 평가된다. 거문고 줄이 6개요, 가야금이 12줄, 아쟁이 7줄로 정해진 것도 많은 시행착오를 거쳤을 것이다. 가장 안정된 음을 내는 줄 수가 정해지기까지 많은 시간과 시험을 거치게 된 것이다. 파안대소하는 여인의 웃음이 명작이 될 수 없고, 서시西施의 찡그린 얼굴이 마음을 편안하게 할 수 없듯이 우리의 모습도 적절한 조화를 이루어야 한다. 모나리자의 웃음, 설명이 잘 되지 않는 은근한 그 웃음이 세계인의 눈을 사로잡게 된 것은 가장 적절한 조화를 이룬 데 있는 것이다.

나는 거문고를 탈 줄도 모르고 한 번도 줄을 만져보지도 못했다. 10년 전 아주 귀한 시간을 얻어, 대구박물관 깊은 곳에서 열람조차 허가되지 않는 김일손 선생의 탁영금濯纓琴 여섯 줄을 하나하나 퉁겨 보았다. 담당 연구사가 잠시 자리를 비운 사이에 만지지도 못하게 하는 5백 년 전의 거문고를 퉁겨 본 것이다. 연산군에게도 굽히지 않았던 탁영 선생의 정의롭고 힘찬 소리를 들어보고자 했는데 아쉽게도 그 거문고 여섯 줄에서는 다 죽어가는 소리만 났다. 정의가 불의 앞에 맥을 못 추는 소리가 내 가슴을 아프게 했다.

올해 문공부에서 주관하는 인문학 강의를 맡아 탁영금을 주제로 현지답사까지 하는 프로그램을 주관했다. 그 거문고를 다시 볼 수 있는 기회를 얻어 여러 청강생 앞에서 그 악기의 숨어 있는 내력을 신나게 설명할 수 있게 되었다. 그러나 그동안 박물관에서는 그 거문고를 완전히 유리로 밀봉해 줄을 만져볼 수조차 없게 만들어 놓았다. 여러 사람에게 그 나약한 소리를 들려주고, 정의의 힘없는 슬픔을 보여주고 싶었는데 뜻을 이루지 못했다.

거문고의 소리는 깊고 꿋꿋하며 장중하고 남성적이어서 예로부터 백악지장百樂之丈라 하여 선비들이 음악의 도를 닦는 그릇으로 소중히 여겨왔다. 여섯 줄의 조화 속에 술대로 쳐서 울리는 무거운 소리, 장부의 울분이 그 소리에 담겨 가슴을 서릿발처럼 냉엄하게 적신다. 세파의 힘들고 처참한 현실을 여섯 줄이 서로 섞여 울부짖는 소리를 내면 남아의 가슴을 때려 의분義憤을 솟구치게 했다. 그것은 여섯 줄의 조화, 탱탱하지도 않고 느슨하지도 않게 조여 준 조율의 힘이 아니겠는가.


거문고의 역사는 삼국사기에 기록되어 있다. 중국 진나라에서 보내온 칠현금을 고구려의 왕산악王山岳이 본디 모양은 유지하되 6줄로 바꾸고, 그 제도를 많이 고쳐서 만들었다고 한다. 그가 100여 곡을 지어 연주하였더니, 검은 학이 날아들어 춤을 추었기에 현학금玄鶴琴이라고 이름이 붙었고, 후에 '학' 자를 빼고 '현금玄琴'이라 하였다.

전위 예술가 박우재 님은 최근 술대 대신 활로 연주하거나 괘를 없애고 연주하는 등 새로운 시도를 하고 있다. 그러나 여섯 줄 16괘에서 나오는 깊은 맛은 변함이 없다. 어디를 가고 오며, 무엇을 얻고 잃으며. 어떤 삶을 영위하느냐의 문제는 균형감각에서 기인한다. 크건 작건 도는 진실한 자세를 중시하고 있기 때문이다.

나는 거문고 여섯 줄 앞에서 옷깃을 여미고 자세를 바로잡아 본다. 내가 얼마나 빨리 달리는가에 정신을 빼앗기지 말고 속도감을 잊어야 한다. 아직 내 가슴의 여섯 줄은 조율이 맞지 않아 어설픈 소리만 내고 있지 않은가. 그러나 나는 다짐한다. 천년 묵은 오동나무에서도 거문고 소리를 간직하며 절의를 지키고 있는데 혹시 내가 세습을 핑계 삼아 추운 날 매화 향기를 팔고 다니고 있지는 않은지. 느슨한 마음을 더욱 단단히 묶어놓아야겠다.

# 행복은 어디에 숨어 있는가

　나의 삶이 남과 비슷하면 행복하다고 느껴진다. 남처럼 산다는 것이 쉬운 일은 아니지만 남만큼 살다보면 불행하다는 생각이 별로 들지 않는다. 경제적으로나 집안 환경이나 이웃과 부딪치는 사연 등이 항상 옆집의 상황과 비슷하면 일단 마음의 갈등은 일어나지 않는다.

　아내의 불만은 남보다 우리집이 못하다는 데 초점을 맞춘다. 도덕 교과서에 나오는 명언이나 옛 군자 성현들의 일화로 행복의 조건을 나열해 보지만 당장 코 밑의 현실 앞에서는 그것이 공허한 염불에 지나지 않는다. 아내는 행복의 조건 속에 나의 부족함이 드러나면 갑자기 행복지수가 뚝 떨어진다. 그것은 나의 무능을 너무 속속들이 잘 알고 있기 때문에 부닥치는 상황이 남들보다 못하면 더 화가 치미는 모양이다.

나는 초등학교 1학년 때부터 산에 나무도 하러 가고, 들에 소꼴도 베러 다녔다. 말이 나무지 조그만 망태에 기껏 가랑잎을 가득 담아 오는 거니까 밥 한 끼 짓는 양밖에 되지 않았다. 그러나 동네 아이들이 모두 나무하러 가는데 집에 혼자 있는 것보다 산이나 들로 나가는 것이 더 행복했다. 신발이라고는 나막신뿐이니 때로는 맨발로 산이나 들을 쏘다녀도 불행하다는 생각을 해본 적이 없었다. 남과 비슷하게 살기만 하면 그런대로 행복했다.

하루는 동무들과 산에 가서 조그만 망태에 가랑잎을 가득 담아 내려오는데 뒷골 배나무 걸에서 나무꾼을 기다리고 있던 산지기를 만났다. 그는 소문난 작대기 영감으로 그에게 걸리면 나무를 빼앗기는 것은 물론 낫으로 망태를 갈기갈기 잘라놓았다. 나는 얼마 되지도 않은 망태 안의 가랑잎을 모두 빼앗겼다. 나이 많은 사람의 큰 망태는 낫으로 죽죽 그어 못쓰게 만들었는데 나는 너무 어려서 망태는 건드리지 않고 그냥 보내주었다. 그때 어린 마음에도 나무를 빼앗긴 것이 너무 억울하여 눈물을 마구 쏟았다. 빈 망태로 집에 와서도 서러워 울음을 그치지 않으니 젊은 숙모님이 나를 꼭 껴안고 달래주었다.

나중에 그 못된 산지기, 작대기 영감 집을 지나다 보니 그의 집 마당에 우리에게서 빼앗은 나무가 수북이 쌓여 있었다. 나는 그 산지기가 때려죽이고 싶도록 미웠다.

평생에 불행하게 느낀 일들이 한두 가지 뿐이겠는가 마는 그 중 하나가 자가용차를 몰고 다닐 때였다. 내 차는 언제나 유행에서 거리가 한참 멀고 값싼 작은 차였을 뿐 아니라 매월 할부금을 내야 하는 빚덩이 차였다. 주변에는 자가용이 없는 사람이 더 많았지만 자가용 족 가운데 내 차가 남에게 뒤진다는 게 마음을 편치 않게 했다. 옷이나 먹는 것은 남과 별로 다를 바가 없었는데 차는 눈에 띄게 차이가 드러나니 나를 우울하게 만들었다. 어릴 때 나무망태를 메고 10리 20리 산길을 오르내릴 때는 불행이라는 것을 몰랐는데 차를 몰고 다니던 때는 왜 불행하다는 생각이 들었을까.

경쟁사회는 사람들을 빈부로 갈라놓고 사는 모양을 서로 견주어보게 하고 있다. 이 마음의 싸움에서 벗어나려고 사람들은 교회도 나가고 절에도 다니며 마음을 삭이고 있다. 누구나 숨어 있는 행복을 찾으려 무진 애를 쓴다. 그 행복이 각기 자기 마음속에 있다는 것을 모를 리가 없다. 누구나 행복해질 수 있는 철학을 알고 있지만 행복을 손에 쥐기는 쉽지 않은 것 같다. 욕심을 버려라, 집착을 버리라고 하지만 그게 어디 뜻대로 잘 되는가.

부재지족富在知足이라는 평범한 논리를 가슴에 밀어 넣어 보지만 만족은 항상 상대적으로 우리를 괴롭히고 있다. 무엇이나 만족하면 그것이 곧 행복이 되지만 항상 상대적인 비교는 미숙한 마음을 만족시켜주지 못한다. 누가 자신의 마음을 좌지우지할 수 있는 도인이 될 수 있단 말인가.

왕이 천하를 쥐고 있는데 그래도 누가 무엇을 가져다주면 좋아한다고 한다. 그것은 왕도 행복하지 않다는 말이 된다. 행복은 어디 숨어 있는가. 내 가슴을 채워주지 않는 행복 때문에 남을 원망하고, 조상을 탓하고, 자신의 능력을 한탄하고 있다.

참으로 알 수 없다. 행복은 어디에 숨어 있는가.

# 연금

아버지는 평생을 철도국에 다니시다가 정년퇴임을 하게 되었다. 당시 영주철도국 관내에서는 영주역장이 서기관으로서 직급이 제일 높았다.

나는 아버지께서 연금을 받아 평생을 사시면 아무 걱정이 없을 것 같았다. 그러나 아버지는 먼저 퇴임한 친구의 말을 듣고 일시금으로 퇴직금을 타셨다.

아버지는 친구가 꾀는 대로 강릉에 제과 공장을 차렸다. 하루에 밀가루가 50포대씩 들어가는 큰 건빵 공장이었다. 퇴직금으로는 많이 부족하여 고향에 있는 논과 밭을 다 팔고, 월남 전선에서 군의관 소령으로 벌어온 둘째 아들 돈까지 몽땅 다 합쳐 공장 창업에 쏟아 부었다.

아버지 친구는 아버지에게 힘들게 객지 강릉에서 고생할 필요 없이 안동에 계시면 회장 직책으로 이익금이 송금될 것이라고 했다. 가끔 회사에 들르면 직원들이 난색을 표하면서 접근을 막았다.

아버지는 꿈이 컸다. 큰 공장의 회장으로서 자식들에게도 떳떳할 뿐 아니라 장차 큰 공장의 재산을 자식들에게 물려준다고 생각하면 풍선처럼 가슴이 부풀었다. 평생을 거짓된 행동이라곤 해 보지 못하고 고지식하게 공무원 생활만 해 오시던 아버지는 친구가 거짓말을 하고 사기를 칠 줄은 꿈에도 생각지 못했다.

당시에는 큰 제과 회사가 없던 시절로 건빵이 최고의 과자였고, 군에 납품도 할 수 있었다. 1년이란 세월이 흘렀다. 그동안 수입이라곤 건빵 몇 포대를 부쳐온 것이 전부였다. 아버지 친구는 조금도 미안해하는 기색도 없이 그동안 운영비가 부족하여 자본이 거의 고갈되었다고 했다. 고향에 있는 땅을 비롯하여 집안의 전 재산을 다 밀어 넣었다. 결국 아버지는 말 한마디 못하고 연금이 빌미가 되어 전 재산을 다 날려버렸다. 세간에는 공무원 일시금 타는 사람의 이름만 알려주어도 10%를 준다고 했다.

나는 그때부터 어려움에 봉착했다. 생활비를 보내드려야 했다. 결국 근 30년을 생활비를 보내드린 셈이다. 우리 집으로 모시려고 했으나 싫다고 하신다. 딸은 하나지만 아들이 여섯이나 되는데 왜 내가 구차하게 자식 집에서 눈칫밥을 먹어야 하느냐 하는 것이 주론이었다.

나는 할 수 없이 장남으로서 형제들과 의논하여 형편에 따라 매월 일정 금액을 부쳐 드리기로 했다.

이런 가운데 아버지는 시 노인회 회장도 맡으시고, 정구회庭球會 회장도 맡아 하시면서 남모르는 돈이 많이 필요했다. 나도 집사람 모르게 얼마씩 따로 돈을 드려 품위를 유지하게 해드렸다. 내 주머니는 언제나 적자였다. 30년을 이렇게 지냈다. 나도 퇴직할 때가 되었다. 나는 내일 죽어도 종신 연금을 받기로 했다. 친구들에게도 내가 겪은 어려움을 이야기하고 연금을 권했다.

동기생들은 내 말을 잘 이해하지 못하고 일시금을 탄 친구가 많았다.

1999년 교원의 정년이 단축되었다. 65세가 62세로 줄었다. 돈을 쓰는 데만 정신이 없던 나는 아연실색했다. 운명으로 여기고 퇴임을 했다. 그러나 연금은 굳게 마음먹은 대로 종신 연금을 받기로 하고 퇴임했다.

언제나 부족했던 집안 경제는 약간의 빚을 진 채 고정 수입은 연금에 전적으로 의존하게 되었다. 별도로 주는 5천만 원의 퇴직금으로 빚을 갚고, 공제회비에서 탄 1천만 원을 아내에게 평생 고생한 보상으로 주었다. 그래도 매월 25일 새벽이면 꼭꼭 나오는 연금은 큰 위안과 생활의 기둥이 되었다.

설상가상으로 이 해에 아버지는 연식정구 공을 치다가 넘어져 허리를 다쳤다. 한번 병상에 눕게 되니 치료 기간이 5년을 끌었다. 다행히 일곱 자식들이 힘을 모아 도와 드리게 되니 큰 어려움 없이 병원생활을 하시다가 90이 되던 해에 세상을 하직했다. 일시금으로 연금을 받아 자식들에게 큰 도움을 주시겠다던 아버지는 도리어 생활비를 자식들에게 의지한 지 30년 만에 연금에 대한 후회를 한마디도 말씀하시지 않고 먼 하늘나라로 떠나셨다.

자식들은 병원을 하는 동생 한 사람을 빼고는 모두 공무원이었다. 두 사람은 먼저 세상을 떠나고 남은 동생들은 당연히 연금을 받고 있다. 형제간에도 연금으로 생활이 안정되어 있으니 우애에 금이 갈 일이 없다. 마음이 쓰일 일이 없으니 집안이 언제나 평온하다.

내가 벌써 80을 넘겼지만 경제적 걱정이 없으니 억지로 사서 고생할 일이 없다. 연금이 넉넉하니 건강보험료도 매월 218,710원을 낸다. 국가와 사회에 대한 자부심도 가질 수 있어 좋다.

아, 평생을 평안하게 해주고, 우애를 지켜주고, 항상 사회와 가족에게 떳떳하게 생활할 수 있게 해주는 연금! 당신은 나의 우상이요, 죽을 때까지 함께 하는 자랑스러운 반려자다.

# 3/부
## 늑대와 철학

인간은 길들여지면서 자신의 참모습을 잃어버리게 된다. 사람들 내면에 잠들어있는 야성의 눈을 일깨우게 되는 것이다. 남을 비방하고 약탈하고 심지어 전쟁으로 많은 사람을 죽인다. 늑대는 그렇게까지 잔인하지는 않다.

# 영원한 생명

생명과학자가 생명에 대하여 평생 연구하여 얻은 결과가 재미있다. 지구에 존재하는 모든 생명의 공통적 속성은 죽음이라는 것이다. 생명의 한계성이 생명의 가장 보편적 특성이라니 참 아이러니한 발견이다.

사람은 누구나 제일 무서워하고 관심을 가지는 것이 죽음이다. 우리가 죽음에 대하여 공들여 과학적 연구를 거듭하였으나 장벽 같은 한계에 부닥치게 되니 종교나 철학으로 그 죽음을 이해하고 가치화하려고 했다. 결국 죽음 뒤에 오는 내세를 꿈꾸고 갈망하게 된 것이다.

미국 성경 사이트에서 가장 많이 검색한 성경구절이 '하나님이 세상을 이처럼 사랑하사 독생자를 주셨으니 이는 저를 믿는 자마다 멸망치 않고 영생을 얻게 하심이라.' 였다. 불교에서도 영혼은 불멸하며 죽은 후 다시 새로운 인간이나 다른 생명으로 태어나게 된다고 믿었다.

결국 인간이 죽음에 대한 두려움에서 벗어나려는 욕망은 영생이나 환생을 기원하게 되었고 그 방법으로서 신과의 결합 즉 신과 함께 하고자 하는 종교적 열망 속에 빠지게 된 것이다. 그것은 신을 얼마만큼 굳게 믿느냐에 따라 그 소망의 성취가 좌우되게 만들어졌다.

전지전능하신 신이 내 마음 속에 함께 하고 있다고 생각하면 얼마나 위안이 되고 마음이 편안해지겠는가. 또 순회의 법칙에 따라 인간이 다시 사람으로 태어난다면 얼마나 좋겠는가.

내가 어릴 때 농촌 할아버지 댁에서 살았다. 할아버지는 수박밭 원두막에서 밤을 새우고 있었는데 그날은 장마철인데다 밤중에 소나기가 물을 퍼붓듯 쏟아졌다. 원두막 앞 강물은 큰비만 오면 둑을 무너뜨리고 온 들을 바다로 만들었다 그때 스무 살쯤 되었던 작은아버지가 할아버지가 걱정이 되어 원두막에 가보려고 하다가 겁이 나서 열 살도 되지 않는 나를 데리고 갔다. 나도 무서워 가기 싫었지만 작은아버지 말을 거역할 수가 없어 삿갓을 쓰고, 초롱불을 들고, 억수같이 쏟아지는 빗속을 뚫으며 따라갔다. 삿갓을 때리는 빗물, 연달아 울리는 천둥소리, 금세 나타났다가 사라지곤 하는 도깨비불, 신작로 옆을 휩쓸며 흐르는 도랑물 소리, 이 모두가 너무 무서워 그의 손을 꼭 쥐었는데 그도 내 손을 더 세게 움켜쥐고 걷는다. 연신 도깨비불이 우리를 향해 달려오다가 어디론가 휙 사라질 때는 입이 얼어붙어 아무 말도 할 수가 없었다.

우리는 호롱불이 빤하게 보이는 원두막에 도착했지만 할아버지는 수박 밭을 지켜야 한다며 한사코 집으로 가지 않겠다고 하신다. 할 수 없이 다시 집으로 돌아오는데 그때는 조금 덜 무서웠다. 지금 생각하니 아무 힘도 없는 어린아이라도 함께 있는 것이 얼마나 마음을 든든하게 하는지 알게 되었다.

어머니는 밤중에 밖에 있는 화장실에 갈 때는 꼭 어린 나를 입구에 세워두었다. 말도 못하는 어린아이라도 함께 하면 마음이 놓이는데 하물며 전지전능하신 하나님이 내 곁에 함께 계신다고 하면 세상에 무엇이 무섭고 겁이 나겠는가.

김지하 시인이 긴 감옥 생활에서 풀려나와 제일 먼저 찾아가서 뵌 분이 김수환 추기경이었다. 추기경은 두말도 하지 않고 양주를 한 컵 가득 부어 그에게 주었다고 한다. 오랜 영어의 생활에서 그 좋아하는 술을 전연 먹을 수 없었으니 그 한을 풀어주려는 배려였다. 그 옆에 앉아 있던 김 시인의 조그만 아들이 추기경에게 천당이 어디 있느냐고 물었다. 추기경은 손가락으로 그 아이의 가슴을 가리키며 거기 있다고 했다. 영성靈性을 쉽게 가르쳐 준 것이다. 누구나 마음속에 자기가 믿는 신을 영접

하고 그와 함께 있으면 그것이 천당이요 영생이다.

우리는 나와 함께 비를 맞아줄 사람을 기다린다. 더구나 신이 나를 불쌍히 여겨 함께 해주신다면 그보다 더 큰 행복이 어디 있겠는가. 신이 우리가 괴로워할 때 침묵하고 있지 않고 함께 괴로워해 준다면 얼마나 위안이 되겠는가.

그것은 죽음에 대한 두려움을 씻어주고, 새로운 세상에 대한 희망을 심어주는 것이다. 그것이 영원한 생명이다.

# 늑대와 철학

농촌의 삼복더위는 밤이 더 괴롭다. 좁은 방은 찜질방이 되어 거기서 잠자는 것은 감옥이나 같다. 결국 멍석을 깔아 놓고 모깃불 연기를 마시며 자는 수밖에 없다. 어린아이가 있는 집은 어린 것이 칭얼대니 연신 부채질을 해 주어야 했다. 밤이 깊어지면 어른과 아이들이 제대로 떨어져 자게 되니 갓난아기도 홑이불을 덮고 따로 자게 된다. 늑대는 떨어져 자는 어린아이를 노린다. 농사일에 지쳐 한번 잠이 들면 늑대가 아이를 업고 가도 몰랐다. 가끔 아이가 늑대에게 물려가는 소동이 일어나면 동네가 발칵 뒤집혀졌다.

내가 중학교에 다닐 때 고향에서 농사를 짓고 있던 막내 삼촌이 갑자기 별세했다. 아직 젊은 나이에 어이없게 남편의 죽음을 당한 숙모는 혼이 빠져 어쩔 줄을 몰랐다. 열여섯에 시집을 와서 남매를 두었으니 아직 서른도 되지 않은 청상과부가 되었다. 하늘이 무너져도 이보다 더 슬프고 막막했겠는가.

큰 삼촌은 젊은 계수가 외롭게 살아가는 모습이 안타까워 슬픔을 조금이라도 잊으라고 돼지를 한 마리 사주었다. 숙모는 남매를 키우는 데도 정성을 쏟았지만 돼지우리를 수없이 들여다보며 하루하루 커가는 모습에 낙을 붙였다. 돼지는 통통하게 커서 중돼지가 되었다.

어느 날 새벽에 돼지가 죽는 소리를 지르므로 숙모는 방문을 활짝 열고 돼지우리 쪽을 보니 허여스름한 달빛 아래 늑대가 돼지를 물고 담을 넘으려고 신간을 하고 있었다. 늑대도 제 몸보다 더 큰 돼지를 둘러업고 담을 넘기가 쉽지 않았던 모양이다.

숙모는 언제나 뜨락에 걸쳐놓은 지게 작대기를 들고 늑대를 사정없이 후려쳤다. 늑대는 돼지를 놓치고 담을 훌쩍 넘어 달아났다.

돼지는 목에 큰 상처를 입고 피를 줄줄 흘렸다. 큰 삼촌은 매일 지게에 돼지를 얹고 가축병원에 가서 치료를 받았다. 일주일쯤 치료를 받은 돼지는 다시 돼지우리 안에서 활기찬 모습을 보여 주었다. 동네 사람들은 아직 어린애 같은 새댁이 늑대를 작대기로 후려쳤다고 모두 감탄했다.

나는 가냘픈 숙모를 다시 보게 되었다. 남자보다 더 센 힘이 어디서 나왔는가. 유심히 살펴본다. 내가 나이가 많아지면서도 숙모만 보면 늑대 생각이 떠오른다. 그리고 늑대는 아주 나쁜 짐승으로 여겨졌다. 그러나 세월이 흐르면서 늑대에 대한 생각이 많이 달라졌다. 마크 롤랜즈의 '철학자와 늑대'를 읽고 나서부터다. 또 사상가나 문학도들은 늑대에 대해서 아주 다른 생각을 하고 있는데 따라 새로운 관심을 가지게 되었다.

인간은 길들여지면서 자신의 참모습을 잃어버리게 된다. 사람들 내면에 잠들어 있는 야성의 눈을 일깨우게 되는 것이다. 남을 비방하고 약탈하고 심지어 전쟁으로 많은 사람을 죽이면서 그를 영웅시 하고 있지 않는가. 늑대는 그렇게까지 잔인하지는 않다.

언제부터인가 늑대는 온순한 개의 모습을 잃어버리고 야성의 눈을 뜨게 되었다. 그것은 산과 들에서 먹을 것을 찾아 싸우지 않으면 안 되는 환경의 변화가 그렇게 만든 것이다.

늑대는 평생 한 마리의 암컷만을 사랑한다. 그러다가 암컷이 먼저 죽으면 가장 높은 곳에서 울어대며 슬픔을 토한다. 늑대는 자신의 암컷을 위해 목숨까지 바쳐 싸우는 유일한 포유류이고 새끼들을 위해 목숨을 바쳐 싸운다. 늑대는 암컷이 죽으면 어린 새끼들을 홀로 돌보다가 새끼가 성장하게 되면 암컷이 죽었던 곳에 가서 자신도 굶어 죽는다.

사냥을 하면 암컷과 새끼에게 먼저 고기를 양보하고 자신은 주위를 살피며 경계를 늦추지 않는다. 온 정신을 쏟아 망을 보다가 가족이 음식을 다 먹고 난 후에야 남은 고기를 먹는다. 또한 늑대는 다른 동물과는 달리 제일 약한 상대가 아닌 제일 강한 상대를 선택하여 사냥을 하고, 독립한 후에는 종종 부모를 찾아가 본다고 한다.

개의 가면을 쓴 늑대가 밤이면 우리 동네를 기웃거렸다. 동네 사람들은 뜨락에 꼭 작대기를 걸쳐놓는다. 가끔 멀리서 늑대의 울음소리가 들리면 작대기를 확인한다.

사람도 최초의 참모습을 잃어버리고 야성의 모습으로 길들여지고 있지 않는가. 야성에 능란한 사람이 더 빨리 출세를 하고 장군이나 지도자의 이름을 단다. 우리 동네 사람들도 법 없이 살아가는 순한 농민이지만 이 야성을 숨기고 살아가는 사람들이라는 생각을 해 볼 때가 있다. 우리는 평화라는 이름으로 이것을 덮고 숨기고 있을 따름이다.

이제 늑대 이야기도 먼 전설이 되었고, 그를 철학의 대상으로 삼을 만큼 세상은 많이 변했다.

# 영원한 젊음

오늘날 인류 문화가 이만큼 발달하고, 계속 진보의 고삐를 늦추지 않고 있는 것은 젊음의 동력이 끊이지 않기 때문이다.

지금도 도처에서 요구하고 있는 개혁, 변화, 혁신, 전진 등의 구호는 젊음이 없으면 그것을 이루어낼 수 없다. 정년을 단축하며 늙은이를 도태시키는 가혹한 구조 조정도 변화를 가속화하기 위한 수단이다.

그런데 아이러니컬하게도 이 개혁안을 수립하고 추진하는 당사자는 청년이 아니고 노년에 속하는 사람이다. 결국 나이가 젊음을 창조하는 것이 아니라 마음이 젊음을 창출해 내는 것이다.

미국의 작가 새뮤얼 울먼은 「젊음」이란 글에서 "젊음은 인생의 한 시기가 아니라 마음의 상태다. 그것은 장미 빛 뺨도, 빨간

입술도 아니며, 나긋나긋한 무릎도 아니다. 그것은 의지와 상상력이며 활력이 넘치는 감성이다."라고 하여 젊음은 나이와 관계없이 강한 의지와 창의적 활력을 지닌 마음이라 하였다.

울먼은 70대에 글을 쓰기 시작했고 「젊음」이란 글은 81회 생일에 낸 『일생의 정점에서』라는 책머리에 실려 있다. 이 글은 더글러스 맥아더 장군이 자주 인용하여 미래의 꿈을 확신케 하였고, 일본의 기업인들에게는 생활철학의 토대가 되어 높은 생산성의 기초가 되었다고 한다.

젊다는 것은 미래가 있고, 꿈을 이룰 수 있는 충분한 시간이 남았다는 의미다. 따라서 앞날을 구상하고, 앞으로 나아갈 수 있는 충분한 힘이 없다면 젊음이라 할 수 없는 것이다. 젊음에 대하여 가장 저해적인 요인으로 작용하는 것은 반현실적 사고다. 우리는 지난날 역사에서 고루한 사상으로 과거만을 숭상하고 전진과 변화를 두려워 한 나머지 얼마나 많은 사람이 희생되고, 전진할 시간이 정체되었던가를 보아왔다. 그리고 그것은 권력을 잡기 위한 수단으로 이용되고 과거를 들추고 꼬투리를 잡아 많은 인재들을 희생시키는 비극을 낳았다. 과거만 따지고 전진을 방해하는 행위 속에는 남을 해코지하려는 엉큼한 음모가 숨어 있는 것이다. 공자도 "남의 잘못을 들추어냄으로써 자신은 깨끗한 체하는 사람을 미워한다."고 했다.

이런 면에서 보면 울먼의 마지막 구절은 꼭 새겨둘만한 명언이 아닐 수 없다.

"당신과 내 가슴 한복판에는 무선전신국이 있다. 그 무선전신국이 인간과 신에게서 오는 아름다움, 희망, 환호, 용기 그리고 힘의 메시지를 수신하는 동안은 당신은 젊은 것이다. 안테나가 내려지고 당신의 정신이 냉소의 눈과 비관의 얼음으로 덮이면 당신은 나이가 20살이라도 늙은 것이며, 안테나가 올라가 있고 그 안테나를 통해 낙관의 전파를 수신한다면, 당신은 나이가 80살이라도 젊은 채로 죽을 수 있는 것이다." 그는 얼마나 정확하게 젊음을 파악하고, 그 젊음을 성취하는 방법까지 예리하게 제시하고 있는가.

미국의 백만장자이며 나이 60인 스티브 포셋은 금년 3월 3일에 단독 비행으로, 67시간 2분간을 견디며 논스톱 세계 일주를 했다. 그는 평생 끊임없는 도전으로 젊게 살아 왔던 사람이다. 1997년 열기구 단독 세계 일주에 첫 도전했을 때는 러시아에 불시착했고, 이듬해 재도전에선 폭풍을 만나 호주 해안에 곤두박질치기도 했다. 5번의 실패를 딛고 2002년 끝내 세계 일주에 성공했다. 비행, 항해, 자동차 경주, 행글라이딩 등 전방위 모험을 계속해 5개 분야에서 100개 이상의 기록을 세웠다. 얼마나 젊게 산 기록인가.

최근 우리나라 어느 제약회사가 50년간 흑자를 내고 주주들에게 꼭꼭 배당을 했다고 하는데 그 핵심 비법은 앞선 기술과

경영 노하우를 과감히 받아들이고 끊임없이 연구 개발을 했기 때문이다. 뿐만 아니라 그 이익은 반드시 주주와 공유한다는 원칙을 지켰고, 노조와의 관계도 노조 설립 후 30년간 한 번도 분규가 없었다고 한다.

젊음을 유지하는 데는 지혜가 필요하다. 먼저 낙천적인 생각을 지녀야 한다. 모든 것을 긍정적으로 생각하고, 사소한 것도 소중하게 생각하며, 감사하게 여겨야 한다.

무엇이든 사랑해야 한다. 사람은 물론, 동물도, 자연도 그리고 자신의 삶도 사랑해야 한다. 그리고 청소도 하고 부엌일도 마다하지 않아야 한다. 크게는 국가 사회에 도움이 되는 일을 찾아서 해야 하며 보람 있는 일이면 무슨 일이든 재미를 붙여야 한다. 그것이 젊음이다. 안테나를 곤두세우고 끊임없이 도전한다면 그는 평생 젊게 살 수 있으며 죽을 때까지 보람과 영광 위에 우뚝 설 수 있을 것이다.

# 부주전 상사리 父主前上白是

　내가 고지식하게 행동하면 어머니는 꼭 네 아버지를 닮았다고 했다. 칭찬하는 말이 아니고 답답하다는 뜻이다. 아버지는 염량세태炎涼世態를 아주 싫어했다. 원칙대로 행동하는 것을 가장 소중한 덕목으로 여기셨다. 그것이 평생 당신의 기본예절이고 진로였다.

　예의라는 것이 장기간 굳어지면 관습이 된다. 풍요한 관습은 질서를 유지하고 새로운 풍습을 만든다. 이 아름다운 풍습, 그 관습은 상하를 알아보고, 불쌍한 사람을 가엽게 여기며, 집안을 화목하게 한다. 결국 세상 사람과 만물을 사랑하는 미풍으로 정착하게 되는 것이다.

　내가 아버지를 닮게 된 것은 아버지가 할아버지께 하시는 언행을 보고 그대로 따라 한 단순한 모방이었다. 아버지는 할아버지께 참으로 공손했다. 나도 평생 아버지께 말씀을 거역하거나 항의한 적이 없었다.

- 임금에게는 잘못을 지적해도 부모의 잘못은 바로 지적할 수 없고, 3년이 지나야 겨우 바로 아뢸 수 있다. -

나는 선현의 가르침을 그대로 따랐다. 왕에 대한 쿠데타는 용납되지만 부모님과 등진다는 것은 언어도단이었다.

내가 객지에서 학교에 다닐 때, 편지의 형식은 언제나 똑같았다. 첫머리는 父主前 上白是가 고정되었고, 본문 첫째는 꼭 계절이나 날씨를 썼다. '입춘지절' 이라 하거나 '날씨 고르지 못하온데' 라고 했다. 다음은 안후를 여쭈었다. '기체후 일향만강하시옵고… ' 그 다음에 비로소 용건이나 부탁 말씀을 올렸다. 끝에는 꼭 '저는 무고하오니 안심하시옵소서.' 이것이 가장 중요한 대목이다. 부모가 조금도 걱정하지 않도록 하는 것이 자식의 기본 도리였다. 심지어 편지 봉투 상단에다 '안부편지' 라는 글을 써서 편지를 뜯기 전에 혹시 걱정이나 놀람이 있을 것을 미리 방지했다.

관습은 무섭다. 한번 이렇게 부모에 대한 예의가 정착되면 이것을 벗어날 수가 없다. 불효자는 가장 나쁜 인간으로 분류되었다. 자연히 숭조사상이 관습으로 정착되었다.


아버지는 추사秋史의 세한도를 무척 좋아했다.

한겨울 추운 날씨가 된 다음에야 송백의 절개를 알 수 있다는 발문을 아주 좋아하셨다. 제주도까지 귀양 가 있는 스승을 찾아 귀한 중국의 서적을 갖다드린 이상적李尙迪의 절개를 존경하고 칭송했다.

나는 내가 맡은 직장에서 부끄럼 없이 충실히 근무하고 있다는 것을 편지 속에 담았다. 가친은 우선藕船 이상적의 의로운 마음씨보다 나의 순박한 마음을 더 어여삐 여기시는 것 같았다. 어머니는 아버지가 청렴결백만 주장하다가 세상 사람들과 멀어지는 것을 걱정했다. 물이 너무 맑으면 고기가 놀지 않는다는 말이 맞는 것 같았다. 아버지와 등을 지는 사람도 있고, 그 결백이라는 것을 뒤집어 흉으로 만드는 사람도 있었다.

염량세태, 세력 있을 때는 붙좇고 권세가 없어지면 푸대접하는 세속 인심, 이것이 오늘날 힘들게 살아가는 데 더 수월하고 편리한 인심이 될는지도 모르겠다. 이미 세상을 떠났거나 도움만 필요로 하는 웃어른들께 명분을 찾아 끝없이 따라 다니자면 얼마나 힘이 들겠는가. 이 바쁜 시대에 한가롭게 옛날의 인연을 끝없이 유지한다는 것은 무척 어려운 일이다. 차라리 그런 인연을 적당한 선에서 끊고 제대로 살아가는 것이 서로가 더 편리할 것 같기도 하다.

사람에 따라서는 염량세태를 지탄하면서 자신은 그 명분을 받는 데만 적용하고 있지는 않는지. 천길 사람의 속을 누가 다 헤아릴 수 있겠는가. 황희 정승도 종을 두고, 링컨도 노예를 두었다고 하지 않는가.

사람의 욕심은 충족될 때가 없다. 이것이 충족되면 저것을 원하고, 그것이 충족되면 새로운 욕심이 또 생긴다. 이것이 중생의 집착이다.

중생이 물었다.

"부처님, 도대체 중생의 집착이 언제 가서야 충족될 수 있겠습니까?"

"중생의 갈망이란 충족될 때가 없다. 단 그가 원하지 않을 때, 더 이상 갈망하지 않을 때만 충족된다."

갈망이 있는 한 고통은 끝나지 않는다.

내가 아버지께 상서를 드릴 때만은 아무 욕심이 없었다. 거짓말로라도 내가 아무 어려움도 욕심도 없으니 아버지께서 조금도 걱정하시지 말기를 진심으로 기원했다.

유식하게 보이는 것도 효도라고 꼭 父主前上白是라고 이두문으로 서두를 쓰고, 끝에는 저에게는 조금도 걱정하시지 않기를 간곡히 사뢰었다.

# 잔인한 시대

시간이 흐르면 현재가 과거가 된다. 과거에 일어났던 일들은 하나의 이야기가 되고, 세월이 흘러 그 체온이 떨어지면 한낱 이야기로 전락한다. 지금 세대들은 일제시대의 아픈 이야기를 그저 이야기로 듣고, 그 속에 나도는 탄압과 연관된 추상적 단어만 몇 마디 기억하고 있다.

식민지, 학살, 탄압 그리고 강제 징용, 징병, 보국대, 정신대 등 일본인으로부터 억울하게 희생당한 일들을 몇 조각 말로써 간접 체험을 하고 있다. 그것은 70년 전에 실제로 겪어보지 못한 후손에게는 그 아픔을 피부로 느낄 수가 없다. 그 당시 울분으로 설움을 겪었던 어른들은 대부분 이미 고인이 되었고, 지금 살아 있는 분들도 80을 넘기니 그 당시 일들을 실제로 겪었던

만큼 아프게 느끼지 못하게 되었다.

나는 초등학교 4학년 여름방학 때까지 일본의 통치하에서 내선일체內鮮一體라는 미명 아래 일본 교육을 받았다. 그 어린 나이에도 공부는 뒷전이고 전쟁 물자 조달을 위한 노력 봉사를 했다. 뿐만 아니라 매일 군사 훈련과 제국주의 정신교육을 받았다. 10살도 채 되지 않았지만 복장은 국방색 옷을 입어야 했고, 모자는 전투모를 썼다. 다리에는 개토루라고 하는 각반을 쳤는데 국방색 긴 천으로 가느다란 다리를 묶어 올리는 것이 무척 힘들고 성가셨다.

학교에 등교할 때는 신사神社 앞을 지나야 했는데 꼭 그 우상을 향해 공손히 절을 해야 했다. 학교 교문에 들어갈 때는 솔 괭이나 솔방울 아니면 풀이라도 망태에 넣어 전쟁 물자로 바쳐야 했다.

수업 시작 전에 모두 일어나 일본 천황이 있는 동쪽을 향해 '궁성요배宮城遙拜'를 했다. 그것은 천황이 사는 동쪽을 향해 90도로 허리를 굽혀 경례를 올리는 의식이다. 다음은 일본 천황의 궁궐 입구에 있는 이중교二重橋 다리 사진을 향해 절을 했다. 그리고 기미가요 일본 국가를 불렀다. 노래는 한 글자도 틀리지 않게 불렀지만 그 뜻이 무엇인지 하나도 몰랐다. 다음에는 '황국신민에 대한 맹세'를 복창했다. '우리들은 대일본제국의 신민입니다. / 우리들은 마음을 합쳐 천황폐하께 충의를 다 하겠습니다. / 우리들은 고통을 참고 단련하여 훌륭하고 강한 국민이 되겠습니다.'

담임 선생이 교단 위로 올라갈 때는 꼭 벽에 걸린 일장기와 일본천황의 궁성 앞에 놓인 이중교에 절을 했다. 혹시 천황폐하라는 말이 나오면 꼭 차렷 자세를 취하여 경의를 표했다.

매일 아침 운동장 조례를 했는데 교장이 전교생의 사열과 분열을 받았다. 어린 우리는 신호나팔의 장단곡에 맞추어 행진을 했는데 교장 앞에 다다르면 호초도래(발맞추어 가)라는 구령으로 다리를 높이 들고 발자국 소리를 크게 내면서 '우로 봣'을 했다. 줄이 비뚤거나 발이 잘 맞지 않으면 몇 번이고 다시 시켰다. 이때 잘못하는 반은 운동장에 꿇어앉아 기합을 받았다. 뙤약볕은 사정없이 내려쬐는데 교사들은 아이들에게 가혹하게 굴어 일본 교장에게 잘 보이려고 애를 썼다. 이때 우리에게 가장 가슴 아픈 꾸중은 조선인을 비하하는 말이었다.

"조선인은 할 수 없다."

공부는 뒷전이고 거의 매일 노력 봉사에 동원되었다. 물자가 점점 더 귀해지자 집안에 있는 놋그릇과 숟가락까지 쇠로 만들어진 것은 모조리 거두어갔다. 부잣집에서는 대대로 조상을 섬겼던 제기그릇을 빼앗기지 않으려고 우물 안에 숨겨 놓았다가 발각이 되어 경찰서로 붙들려가서 혼이 났다.

쌀이 부족해지니 아침 외에는 보리밥도 지어 먹지 못하게 했다. 점심과 저녁은 죽을 먹으라고 했다. 우리집에는 먹을 양식이 부족하여 매일 죽으로 연명을 했는데 어쩌다 국수를 해 먹는 날은 잔칫날 같았다. 어느 날 모두 들에 나가고 나 혼자 집에 있는데 칼을 찬 순사가 들이닥쳐 부엌에 밥이 있는가를 조사했다. 부엌은 땔감이라곤 짚뿐이니 온통 연기가 꽉 차서 온 벽은 시커멓게 그을려 있었다. 벽에는 파리가 많이 앉아 알을 슬고 거기서 생긴 벌레들이 슬금슬금 기어 다녔다. 찬장이라곤 사과 궤짝을 엎어 거기에 그릇을 얹어 놓았으니 음식 냄새를 맡은 파리들이 새까맣게 붙어 있었다. 덮어놓은 바가지를 열어보니 멀건 호박죽이 들어 있었다. 순사는 못 볼 것을 본 듯 상판을 찌푸리더니 아무 말도 하지 않고 가버렸다.

1944년 전쟁이 막바지에 다다르자 노동자와 병력이 부족하여 강제 연행이 전국적으로 이루어졌다. 연행된 인원은 조선 전체에 100만 명도 넘었다. 주로 인구가 많은 조선 남부지역의 주민들이 많이 차출되었다. 생활이 어려운 농민과 노동자가 많았다. 강제로 연행된 조선인 노동자는 탄광이나 토목·건축 공사 아니면 군수공장에서 일했다.

한편 부족한 병력을 채우기 위해 수많은 조선인을 전쟁터에 동원했다. 어린 학생들은 매일 전쟁터로 나가는 청년들의 환송식에 참석했다 비봉산에 있는 신사 앞에서 환송식은 엄숙히 거행되었다. 우리는 아무것도 모르고 시키는 대로 일장기를 흔들면서 힘껏 군가를 불러 댔다.

여자들도 정신대라는 이름으로 미혼 여성들을 차출해 갔다. 부족한 일손을 돕기도 하고 멀리 남양군도로 끌고 가서 위안부로 희생시켰다. 처음에는 조선의 여러 방직공장에서 일을 시키다가 일본이나 동남아로 가면 돈을 더 많이 벌 수 있다고 유인하여 결국 그곳에서 위안부로 강제 동원하게 된 것이다.

우리 동네에 예배당이 있었는데 신사참배를 제대로 하지 않는다고 탄압했다. 동네 사람들은 누가 교인인지 알 수 없을 정도로 성도들도 적었고, 자신을 교인으로 드러내지 못했다. 그러나 새벽에 은은히 울리는 예배당 종소리는 하루도 거르지 않았다. 어린 우리에게도 그 종소리만은 매우 경건하게 들렸고, 동네 사람들도 그 종소리에 위안과 희망을 얻었던지 예배당을 탓하는 사람은 아무도 없었다.

악한 자가 세상을 오래 쥐고 있을 수는 없다. 1945년 8월 15일, 그렇게 소망했던 광복이 찾아왔다. 예배당 종소리가 세상에 밝은 얼굴을 내밀고, 우렁차게 퍼져나갔다. 70년이 지난 오늘까지 그 종소리는 내 가슴속에서 조금도 변하지 않고 은혜로 살아남아 있다.

# 미워하는 마음

인력으로 안 되는 것이 내 마음이다. 내 마음을 가장 인간답게 다스리는 명언을 정성 들여 듣고, 마음속 깊이 꼭꼭 새겨놓지만 환경과 상황이 변하면 수시로 바뀌는 게 내 마음이다. 내 마음의 변화에서 가장 두려운 것이 남을 미워하는 마음이 자꾸 생겨나는 것이다. 그 미워하는 대상은 의외로 내가 한 번도 만나보지도 못하고 서로 생각을 나누어보지도 못한 사람이다. 내가 자주 만나고 많은 이야기를 나누는 사람으로서 미워하고 싫어하는 사람은 별로 없다. 예외가 있다. 평생 동안 싸우는 횟수가 가장 많은 이가 자기 아내가 된다고 했다. 불가에서는 전생에 가장 미워했던 사람이 아내가 된다고 하니 그것이 운명이다. 운명을 이겨낸다고 하지만 이겨낸 결과가 태생적 운명이다.

나이 들면서는 가족이나 이웃 사람이 미워지는 일이 점점 줄어든다. 약간 서운할 때는 있지만 때려죽이고 싶을 만큼 미워지지는 않는다. 그러나 신문을 보면 지면에 나오는 인물 중에는 참 보기 싫은 사람이 많다. 어떤 사람은 참말로 때려죽이고 싶을 정도로 밉상이다. 그것은 활자로 보는 것이 실제로 보는 것보다 더 날카롭게 보여서인가. 실제로 보는 인물은 속마음을 잘 모르지만 활자로 소개되는 인물은 속속들이 그의 내면을 다 파고드니 미운 생각이 더 깊어지는지도 모른다. 나와 거리가 멀어서 그런가. 그의 하는 행동이나 생각하는 바가 그대로 기사화될 때 내 개인의 손해보다 사회나 국가에 손해를 너무 많이 끼치지 않을까 그게 미워지는 원인이 된다.

때로는 그를 이해하려고 노력도 해 보고 자비심도 가져보지만 그 미움을 인력으로 고치기가 무척 어렵다. 그런데 이상한 것은 내가 그렇게 미워하는 사람을 다른 사람들은 의외로 그렇게 좋아한다는 사실이다. 결국 미움도 완전히 주관적이고 사람마다 다른 잣대를 지니고 있는 것이다.

자기가 낳은 자식이 그렇게 미워 굶기고 때리고 골방에 가두어 죽음에 이르게 하는 악한 부모도 있다. 미워하는 것도 병인지 모르겠다. 자기의 몸을 던져 남의 생명을 구하는 의인은 미운 마음이 털끝만큼도 몸속에 붙어 있지 않은 것 같다.

나는 6형제, 7남매의 장남인데 내 바로 밑의 여동생을 무척 미워했다. 형제가 모두 남자이니 자연 그들의 행동을 따라하게 되고 예쁜 모습을 잘 보이지 않았다. 나에게도 예쁘게 굴지를 않아서 그때마다 싸웠다. 하루는 둘이 복숭아를 먹고 있는데 그가 먹고 있는 복숭아 안에 벌레가 하나 꿈틀거리고 있었다. 내가 당장 그가 먹고 있는 것을 제지해야 하는데 그냥 먹도록 두었다. 그가 미워서 골탕을 먹이고 싶었다. 입속에 들어갔을 때 벌레가 들어갔다고 했다. 그는 질겁하고 나와 한바탕 싸웠다. 이미 그는 저세상으로 떠났지만 지금도 철없던 그 시절이 회상될 때마다 미안한 마음으로 가슴이 아프다.

이 세상에는 미워해야 할 사람이 많다.

인간을 평할 때 인간성, 인격, 인간 됨됨의 그릇을 본다. 사람은 의리, 인간적인 도리가 있다. 상처 난 가슴에 소금을 뿌려대고 있는 인면수심人面獸心의 짐승보다 못한 인간들, 입만 열면 국민과 나라 걱정을 수없이 해댄다.

미워하여 살인을 한 최초의 사건은 아담과 하와의 아들 가인과 아벨의 불화다. 가인은 땅의 소산으로 재물을 삼아 여호와께 드렸고 아벨도 기르던 양의 첫 새끼와 그 기름을 드렸더니 여호와께서 아벨과 그의 재물은 받으셨으나 가인과 그의 재물은 받지 아니하신지라 가인이 몹시 분하여 그의 아우 아벨을 쳐 죽였다. 그러나 하나님은 가인을 죽이지 않고 그 후손이 번성하게 했다.

우리의 감성을 희로애락애오욕喜怒哀樂愛惡慾으로 나누고 있으니 태초에 이미 이 감정이 우리 마음속에 뿌리박혀 있었다. 그러나 인간은 미워하고 욕하기를 삼가려고 노력하고 있다. 그래서 이 세상은 법보다 용서하고 사랑하는 것을 더 소중하게 실행하려고 애쓴다.

내 마음속에는 언제쯤 사랑만이 꽉 차서 미워하는 마음을 찾아볼 수 없는 예쁜 모습을 보여줄 수 있겠는가.

# 문패

아파트 문에는 호수만 표시되어 있고, 문패는 없다. 우편함에도 이름을 기록해 놓으면 어떤 불이익을 얻을까봐 역시 호수만 기록되어 있다. 가급적 옆집과도 깊이 속내를 드러내지 않고, 눈인사만 서로 주고받으며 지낸다.

그러나 단독주택은 그래도 문패가 당당히 붙어있다. 번지만 기록해 놓은 소심한 주민도 있지만 가급적 검소한 모양으로 남의 이목을 끌지 않는 작은 문패를 달아놓고 있다. 옛날을 회상하면 지금은 너무 각박하고 무서운 세상이 되었다.

그때 문패는 재질도 좋았고, 이름도 아주 글씨를 잘 쓰는 사람에게 부탁하여 멋을 잔뜩 내면서 자신의 존재를 과시했다. 동네 사람들은 그것을 보고 부러워하고, 존경심까지 가졌지만 시기하거나 문패를 해코지하는 일은 없었다. 그와 반대로 가난한 집은 문패조차 없었다. 어쩌다가 오는 편지도 주인을 찾지 못해 우체부가 애를 먹었다. 그들은 자기 집 번지도 모르고 한자 이름을 쓸 줄도 몰랐다.

내가 대학 4학년 때 체신부에서 '우체부 아저씨 노래' 공모가 있었다. 신문을 보고 나는 단번에 배달부의 노고와 문패 없는 주막 생각이 떠올라 작사에 들어갔다.

'이집 저집 다니면서 편지요 전보요, 먼 데 소식 전해 주는 고마운 아저씨'로 시작해서 후렴으로 '집집마다 문패 달고 기쁜 소식 기다리자'라고 계도문까지 넣었다.

행운이었다. 이 가사가 최우수작으로 뽑혔다. 우정국장의 간곡한 편지와 함께 많은 상금이 배달되어 왔다. 곧 이어 문교부로 이첩된 이 노래가 전국의 초등학생에게 가르치라는 공문이 하달되었다. 문패 때문에 내 이름이 각 학교에 널리 알려지게 되었고, 덩달아 전국에 문패 달기 운동까지 전개되었다.

그 뒤 나는 직장을 가지면서 가정을 꾸렸지만 10여 년간 셋방살이를 면치 못했다. 셋집으로 이사를 갈 때마다 주인집 문패보다 작게 만들어 그 밑에 달아야만 했다. 퇴근하면서 대문에 들어설 때 초라한 내 문패가 기죽어 있는 모습을 보면 무척 우울했다. 집 주인은 내가 '우체부 아저씨' 노래를 지었다는 것을 알 턱이 없고 철없는 내 아이가 주인집 어린이와 다툼이라도 있는 날이면 당장 집을 나가라고 했다.

설움 속에 보낸 10여 년이 훌쩍 지나고, 겨우 내 집을 마련했다. 12평 공무원 아파트였다. 그러나 그렇게 멋진 문패를 달아놓고 싶었던 꿈도 허사, 아파트에는 문패를 달 수가 없었다. 작은 문에는 커다랗게 호수가 적혀 있고, 우체통도 너무 작아 큰 책이 배달되면 배달부는 우편함 위에 그냥 얹어놓고 갔다.

그 이전, 내가 초등학교에 다닐 때 시골 농촌에서 어렵게 살았다. 골목길로 접어들면 큰 부잣집이 있었는데 대문 기둥에 자개 문패가 번쩍이고 있었다. 그곳을 지날 때마다 그 큰 문패를 유심히 쳐다보면 '심상호'라는 한자 이름이 조각되어 있었다. 자연히 담 너머 사랑채를 쳐다보게 되는데 거기에는 언제나 소녀 같은 예쁜 여인이 우리가 다니는 좁은 길을 내려다보고 있었다. 그 집 늙은 영감님의 소실이었는데 종일 일도 하지 않고 영감님과 같이 있다 보니 심심했던지 우리가 재잘거리며 지나가는 모습을 부러운 듯 내려다보곤 했다. 우리 집은 할머니도 들에 나가 일을 하는데 예쁘게 머리 손질만 하고 할 일 없이 담 너머로 얼굴만 내밀고 있는 모습이 무척 미웠다. 부잣집 그 영감님도 따라 미웠다. 그래서 우리는 만만한 문패에다 대고 소리를 질렀다.

"별상호!"

심상호를 폄하하여 아무렇게나 산다는 뜻으로 이름을 바꾸어 부르고는 죽을힘을 다해 달아났다. 여러 번 그 못된 짓을 했지만 한 번도 붙들리지는 않았다.

나는 가끔 내 문패에 대고 세상 사람들이 무어라고 욕을 할까 두려운 생각이 든다. 내가 평생 남에게 무슨 몹쓸 짓을 했는가를 곰곰이 생각해 본다. TV에 나오는 정치, 경제, 문화계 인사들의 이름에는 온갖 욕과 저주가 나붙는다. 그 이름 밑에 '님' 자를 붙여 존경을 받는 사람의 수는 열 손가락도 남을 정도다.

아파트는 그런 면에서 참 편리하다. 공동 책임을 지고, 모두라는 이름 속에 묻히어 자기를 못 알아보게 하는 지혜가 얼마나 교활한가. 그래서 모두 아파트를 선호하고, 문패가 없이 호수만 적혀 세상의 눈총을 피할 수 있다는 것에 만족하며 산다.

나도 이 사람들과 무엇이 다른가. 집집마다 문패 달고 기쁜 소식 기다리자고 상금까지 탔던 내가 아이러니컬하게도 문패에 겁을 내고 있다니 '우체부 아저씨' 노래가 부끄럽다.

# 기러기의 꿈

계절에 따라 움직이는 철새의 종류는 많다. 그 중 기러기처럼 삼각 편대를 지어 질서 있게 이동하는 새는 없다. 겨울 하늘 높이 날아가는 그들의 모습을 보면 저런 다정한 형제가 어디 있겠는가 싶다. 그들은 언제나 함께, 언제나 다정하게, 언제나 평화롭게, 언제나 질서정연하게라는 아름다운 꿈으로 날아간다. 안행雁行이란 말은 사이좋은 형제를 말하지만 느낌은 그 이상으로 우리의 가슴을 따뜻하게 해준다.

나는 6형제, 7남매의 맏이다. 하나 밖에 없는 바로 내 밑 누이는 출가외인이 되어 안행의 대열에서 빠졌다. 내가 편대를 이루면 꼭짓점 아래 두 줄로 셋씩 줄을 서야 하는데 하나가 부족하여 언제나 허전했다. 우리는 기러기처럼 형제간 싸움 한 번 없었고, 정점에 있는 내 의견을 반대하는 동생도 없었다.

오래 구존하셨던 부모님께서는 이를 흡족하게 여기시고, 어려운 일은 나에게 말씀하시면 금세 해결이 되었다. 능력별로 분담하면 어떤 어려운 일도 하루해를 넘기기 전에 해결되었다.

아버지가 남들에게 하시는 자랑은 아주 소박하면서도 정겨웠다.

"밖에서 집안으로 들어오면서 맨 먼저 보이는 것이 마룻바닥에 얼룩덜룩한 아이들 발자국이지만 그것이 제일 보기 좋다."

맹자의 진심편盡心篇 삼락장三樂章에는 세 가지 즐거움이 있는데, 나는 첫 번째 낙樂을 제일 좋아했다.

'양친이 다 생존해 계시고, 형제들이 탈 없이 서로 화목한 것이 첫째의 즐거움이다. 父母俱存 兄弟無故 一樂也'

나는 한때 참 즐겁던 시절이 있었다. 부모님이 오래 강녕하셨고, 6형제가 모두 건강하게 짝을 이루어 잘 살았다. 비록 가난했지만 우애가 있었다. 명절 때나 부모님 생신 때, 온 가족이 모이면 그 즐거움은 맹자의 첫 번째 낙, 그것이었다.

손자 손녀들이 많아지니 가친은 세뱃돈 대신 며느리와 아이들 수준에 맞는 책을 준비하여 나누어주셨다. 책 첫 장에는 새해의 간지干支와 첫날 아침이란 붓글씨가 씌어 있고, 아버지의 호 요산樂山이라는 낙관이 찍혀 있었다. 참 멋있게 보였다. 아버지가 돌아가신 후 내가 대를 이어 그것을 해 보려고 했으나 너무 힘이 들어 그만두었다.

명절 때는 20여 명이 아버지의 좁은 아파트에 모여 하룻밤을 보낸다. 비좁은 공간에서 서로 부대끼게 되니 남다른 정분이 생기기도 했다. 또 서로의 사정을 속속들이 알게 되니 어려운 형제를 돕기도 하고, 함께 걱정도 해주곤 했다.

상당 기간 이 낙樂이 유지되더니 세월의 무게를 이기지 못한 부모님은 세상을 떠나시고, 형제 중에도 건강이 좋지 않은 넷째가 갑자기 이승을 등졌다. 맹자의 첫 번째 낙은 산산조각이 나고 말았다.

나는 이 첫 번째 낙을 영원히 유지하기 위해서 부모님 산소 옆에 형제 묘를 두 줄로 나란히 만들었다. 내외간을 합쳐 12상구를 만들려고 하니 장소가 부족하여 3상구씩 2줄로 하여 6상구를 만들고, 부부는 합장을 하기로 했다. 묘 크기도 똑같이, 상석 크기도 똑같이, 거기 새겨지는 글씨도 한글로 하되 직명 같은 것은 없이 이름만 넣기로 했다. 후손들이 봐도 위화감을 주지 않고 기러기 같은 우애를 배우게 되리라 믿었다. 아마 성묘도 서로 뜻을 모아 기러기처럼 함께 하리라 믿는다.

순서는 내가 장남이니 1번으로 하여 나이 순서대로 장소가 지정되었다. 물론 비석은 세우지 않기로 했다.

그런데 나는 시비詩碑와 같은 자연스런 비석을 한 개 산소 윗자리에 세우고 싶다. 거기에는 깊은 사연이 숨어 있기 때문이다.

실은 6형제가 무고했다고 했지만 내 바로 밑에 남동생이 정식 이름도 짓기 전에 홍역으로 일찍 죽었다. 동생들은 그를 보지 못하여 잘 알지 못한다.

일제 말기, 병원도 귀하고 예방약이라고는 천연두 예방으로 우두를 맞는 것이 고작이었다. 동생의 아명을 '달'이라 했다. 아직 돌도 되기 전, 치러야 할 유행병들을 다 견뎌내지 못하면 정식 이름도 짓지 않고 호적에도 올리지 않던 어두운 시절이었다. 어린 달이는 그 병 치레의 관문을 통과하지 못하고 호적에 이름도 올리지 못한 채 '달'이라는 아명만 남기고 떠났다.

하루는 마당에 멍석을 깔고 거기서 내가 달이를 보고 있는데 그가 엉금엉금 기어 멍석을 벗어나더니 흙바닥에 있는 닭똥을 집어먹으려 하지 않는가. 내가 그것을 급히 빼앗고 꼭 껴안아 주던 기억이 어제 일처럼 생생하다. 그는 참 예뻤다. 그가 살아 있었더라면 나에게 큰 위안을 주고, 집안은 더욱 든든했을 것 같다.

그가 숨을 거두자 모르는 지게꾼을 불러 그를 실어 보냈다. 아무도 따라가지 않았다. 그를 어느 산에 묻었는지 모른다. 그가 묻힌 장소를 부모가 알면 매일 그곳을 찾아가서 그 땅을 파면서 금세 미쳐버린다고 한다.

부모가 죽으면 산에 묻고, 자식이 죽으면 가슴에 묻는다고 했다. 그때 나도 아주 어렸지만 내 가슴에는 지금도 그의 그림자가 떠나지 않는다. 달만 보면 그가 생각난다. 왜 하필 달이라고 이름을 지어 불렀을까? 어머니에게 몇 번 물어보려고 했으나 어머니의 가슴을 아프게 할까봐 끝까지 물어보질 못했다.

　부모님 산소 옆에 6형제 묘 터가 마련되고, 이미 동생 하나는 제 번호 자리에 묻혔다. 달이의 자리는 없다. 동생들은 그 아픔을 전연 모른다. 6형제가 죽어서도 맹자의 제일낙야一樂也를 즐기리라고만 알고 있다.
　나는 형제 묘 위 언덕에 비를 하나 세워 그의 넋을 위로하고, 우리는 정확하게 7형제라는 것을 확인해 놓고 싶다.

### 일곱 기러기

여섯 기러기는 세모꼴 편대로 정답게 날았다.
그 시간에, 외롭고 서러운 어린 기러기 하나
너는 어느 먼 하늘에서 왜 혼자 날고 있었나?
'달' 아 네 슬픈 이름을 이 돌에 새겨 넣으면
이제 우리는 일곱 기러기가 되겠구나.
옆 자리에는 아빠, 엄마가 웃음으로 우릴 지켜보시리니
이제 우리 함께 정확한 삼각 편대를 다시 만들자.

혼자 가면 빨리 갈 수 있고

함께 가면 멀리 갈 수 있단다.

안행雁行!

우리 이별 없는 곳으로 오래오래 날아가자꾸나.

# 비 오는 고향

비 오는 날은 슬프다. 왜 그렇게 느껴지는지 모르겠다. 일본의 어느 작가는 '이 세상에서 가장 슬픈 풍경은 도쿄타워에 비가 내리는 것'이라고 했다. 거기에도 무슨 사연이 있었을 게다. 내가 비 오는 날을 슬퍼하는 것은 어릴 때의 추억이 연상되어 지금의 정서로 굳어진 것 같다.

모처럼 찾은 고향 길에 비를 만났다. 죽장사 5층 석탑도 비를 맞고 서 있었다. 하늘은 길가 쑥대밭이든 국보를 간직한 사찰이든 똑같이 비를 흩어 뿌려준다. 산안개가 죽장사 옆 우리 집안 선산을 뿌옇게 가리고 있다. 바람을 따라 안개가 모였다가 흩어지기를 반복한다. 산소를 가리고 있는 참나무들이 물기를 머금고 가지를 축 늘어뜨리고 있다. 어머니를 이곳에 장사 지내던 날도 이렇게 비가 왔었다. 아버지는 비를 맞아 축 처진 두건에서 뚝뚝 떨어지는 빗물을 눈물과 함께 삼키며 어머니의 봉분을 하염없이 지켜보셨다.

나는 아주 어릴 때 할아버지 댁에서 살았다. 단칸방에서 할아버지 할머니와 함께 살다 보니 추우나 더우나 밖에 나가 뛰어놀 수밖에 없었다. 아주 추운 날은 또래들과 같이 햇볕이 잘 드는 담벼락에 기대서서 볕쬐기를 즐겼다. 온 가족이 한방에 같이 있는 시간은 잠 잘 때와 비 오는 날뿐이었다.

할아버지 댁은 방 하나, 부엌 하나가 붙어 있고, 소 마구는 별채로 하나가 따로 있었다. 삼촌이 장가를 들게 되니 방 한 칸을 달아 지었다. 그제야 완전한 초가삼간이 되었다.

방문을 열면 흙 뜰이 있고, 그 밑은 바로 마당이다. 비가 오면 초가지붕에서 흘러내리는 빗물이 바로 마당으로 떨어지고 마당에 모인 물은 미처 하수구를 빠져나가지 못하여 흥건하게 고였다. 그 위에 떨어지는 처마 물은 뭉글뭉글한 큰 방울을 만들어 하수구 쪽으로 천천히 떠내려갔다.

방문을 열어놓고 할아버지와 나는 낙숫물 소리를 들으며 마당에 고이는 빗물을 유심히 본다. 굵은 방울을 만들어 흘러가는 빗물을 따라 눈길을 돌리면 또 다른 물방울들이 생겨 계속 하수구로 떠내려간다. 그 모습이 신기하기도 하고 재미있게 보이기도 했다.

할머니가 콩을 볶아 그릇에 담아 온다. 비 오는 날은 들에도 나갈 수 없고, 집에 종일 있어야 하니 먹을 것을 찾게 된다. 비 오는 날, 볶은 콩을 먹는 맛은 별미 중의 별미다. 그때 군것질이 라곤 그것뿐이었다.

할아버지는 마당의 빗물을 보면서 아마 농사와 연관된 생각 만 하셨을 것이다. 나는 그 물방울을 보면서 알 수 없는 외로움 에 젖어 있었다. 그 배경에는 철도 들기 전에 부모와 떨어져 있 었던 무의식적 그리움이 바탕이 되었는지 모르겠다. 유년기에 형성된 무의식은 나이 많아져도 그 감정을 벗어나지 못한다고 한다. 이젠 어쩔 수 없이 비 오는 날만 되면 나도 모르게 청승맞 은 생각을 하게 되고, 행동도 비 맞은 병아리처럼 축 처진다.

초가집의 낙숫물 소리는 일정하지 않다. 고르지 않은 처마 끝 의 짚 자락, 울퉁불퉁한 지붕의 골, 이런 모양은 반듯하게 줄지 어진 기와집 지붕의 낙숫물 소리와는 완연히 다르다. 나는 처마 끝에서 떨어지는 낙숫물 소리가 귀에 익었다. 그 불규칙한 소리 가 내 평생의 고르지 못한 앞길을 예고하는 것처럼 느껴졌다.

슬픔은 아무도 모르게 왔다가 조용히 떠나는 것인가. 가슴만 허전하게 쓸어내리고 어디론가 소리 없이 사라지는 애수였다.

잠시 비가 그치고 천지가 조용해지면 멀리서 기적 소리가 들린다. 40리나 떨어진 대신, 아포, 구미를 지나는 기차의 기적이다. 그 소리는 꼭 비 오는 날에만 들렸다. 경부선이 지나는 그 곳은 우리 집과 너무 멀리 떨어져 맑은 날에는 전연 들리지 않는다. 나는 어른이 되어 모든 소리는 습기를 타면 더 멀리까지 간다는 것을 알았다. 기적 소리는 어머니 생각을 불러오고, 내 바로 밑의 여동생 숙이의 얼굴을 그려놓았다.

이제 어머니도, 여동생도 이 세상을 떠났다. 슬픈 추억도 희미하게 그 그림자가 지워지고, 황혼의 장막 속으로 그 자취를 감추고 말았다.

모든 것은 떠나고 사라진다. 다시는 그 모습을 보여주지 않는다. 빗물이 강으로, 바다로 흘러가서 다시 돌아오지 않듯이. 그렇게 애석하고 슬프고 억울했던 일들도 무대의 막이 내리면, 관객들은 뒤도 돌아보지 않고 제집으로 돌아가고 만다.

인류 역사를 에너지 체계로 보면 제1의 물결
은 인력, 가축력, 자연력이었던 것이 제3의
물결로 발전하면서 대부분의 동력 자원을
수소, 태양열, 지열, 풍력, 조수, 고도의 핵
융합 원료에 의존하게 되었다.

# 23연대

오래 전, 내가 훈련소를 떠나 보충대로 넘어온 신병일 때 유독 배고파하고, 추위를 남달리 탔다. 얼굴은 새까맣고 옷매무새는 역 앞에 짐꾼처럼 보였다. 벙거지 방한모, 두툼한 핫바지 방한복, 야구 글러브 같은 방한 장갑, 모양 없는 방한화는 한겨울 인해전술로 공격해 오는 인민군 복장 같았다.

북한 지역 오성산을 마주한 김화金化에 도착한 때가 정월 초순, 그날 저녁 온도가 영하 23도였다. 23연대에 배치된 나는 우선 산속에 위치한 연대 본부가 사방 방어용 철책도 없고, 산골 작은 개울물을 식수로 사용하고 있는 것이 무척 생소했다.

그런데 이상하게도 여기 오래 근무한 기간 병들은 추위도 타지 않고, 밥을 남기며 배고파하지도 않는다. 방한복도 입지 않고 두텁지 않은 전투복에 덧옷을 하나 더 입었을 뿐이다. 나는 얼음집에서 아이도 낳으며 생활하는 에스키모인을 연상했다. 사람은 환경에 따라 얼마든지 적응할 수 있는 DNA가 있다는 것을 직접 보게 된 것이다.

23연대는 건국 초창기에 백골 3사단 소속의 한 연대로 창설되어 6·25 전쟁 때 많은 전투를 겪은 이름난 부대다. 그리고 김화에서 오래 싸우고 휴전이 되면서 계속 이곳에 주둔하게 되었다. 가끔 부대 이동 훈련으로 가까운 곳으로 옮겼다가도 다시 고향처럼 이곳에 온다. 지리에 익숙한 것이 작전상 큰 도움이 되는 것이다. 6·25 전쟁이 끝날 무렵 철원, 김화, 평강을 철의 삼각지대라 하여 가장 치열한 전투지역으로 꼽았다. 한 치라도 더 밀고 올라가려던 휴전선 확보싸움은 여기서 아군은 평강을 제외하고 북한 땅을 다 빼앗았다. 휴전선으로서는 가장 멀리 북쪽까지 밀고 올라간 셈이다.

평강은 오성산이라는 천 미터가 넘는 높고 넓은 산을 차지하고 있어 빼앗질 못했다. 김일성은 국군 장교 군번 한 트럭을 싣고 와도 오성산과 바꾸지 않겠다고 했다. 아주 중요한 전략적 요충지다. 이 산은 넓은 우리 사단 전역을 다 내려다보지만 우리는 그 산 뒤를 전연 볼 수가 없다.

나는 연대 본부로 배치되고, 제일 먼저 알게 된 장교가 작전

주임 노무식 대위였다. 그는 6·25 전쟁 때 이 지역에서 대대장이 타고 다니는 당나귀를 몰고 다녔던 사병이었다고 했다. 전쟁 중 초급 장교의 희생이 심하니 간부후보생에 지원하면 장교가 되기 쉬웠다. 그때 육군 소위는 소모 장교라는 별명까지 붙었지만 그는 장교가 되었다. 그는 중학교 4학년 때 학도병으로 입대하여 지금까지 이 지역에서만 싸우고 근무했으니 작전주임으로서는 적격이었다.

사단에는 3개 연대가 있다. 사단 사령부를 비롯하여 각 연대에서도 노무식 대위를 모르는 사람이 없었다. 그는 전화를 받을 때, 꼭 관등성명을 별나게 외쳤다.

"옛, 대한민국 노 대위입니다."

소속도 신고하지 않고 참 당돌하게 응답했다. 그의 행동은 군율에 어긋났지만 평소 그의 용기는 남달랐고, 적에게는 기어이 이겨야겠다는 임전무퇴 정신이 투철하여 사단장으로부터 사랑을 받았으니 아무도 그 만용을 나무라지 못했다.

내가 그를 처음 만났을 때 그가 맨 먼저 던진 질문에서 강력한 인상을 받았다.

"왜 군대 들어왔어?"

"옛, 국방의 의무를 다하기 위해섭니다."

그는 못마땅해 하며 질책하듯 말했다.

"뭐 의무? 기껏 그거야, 군인은 적군에게 이기는 것이 목적이야. 앞으로 적군에게 이기려고 들어왔다고 해! 알았어?"

"옛, 알았습니다. 꼭 이기겠습니다!"

실은 철의 삼각지대에서 가장 높은 고지 평강의 오성산을 북한이 지니고 있으니 우리 사단 전체의 위치가 매우 불리하게 되어 있다. 더구나 이쪽은 철원 평야지대로 높은 산이 없다. 죽기로 싸우고 반드시 이겨야 한다는 임전무퇴 정신이 없으면 이곳에서 복무하기가 어렵다. 노 대위는 이것을 경험으로 터득해서 잘 알고 있다. 이 투철한 군인 정신이 사소한 지역 부대의 장교가 아니고 '대한민국 노 대위'가 된 것이다.

용장 밑에 용졸이 난다는 말을 직접 경험할 수 있게 되었다. 누구나 전쟁이 나면 지리적으로 불리하니 일단 작전상 후퇴하지 않겠나 하는 생각은 해도 기어이 이겨야겠다는 전의戰意는 확고해야 한다.

그는 정부나 국회에서 우리는 방어가 목적이니 평화적으로, 대화로 남북문제를 해결해야 한다는 말을 제일 싫어했다. 그는 6·25 전쟁을 겪고, 지금도 최전방에서 근무하고 있으니 누구보다 적에 대한 정보와 그들의 속내를 잘 알고 있기 때문이다.

그가 구상하는 작전 계획은 공격에 대하여 크게 관심을 두는 것 같았다. 작전 계획 중 가장 비중 있게 다루는 것이 화력계획火力計劃이었다. 얼마나 많은 포탄을 적에게 퍼부어야 하는가 하는 것과 그들이 넘어오지 못하게 지뢰 매설을 어디에다 얼마나 많이 설치해야 하는가를 골똘히 생각하고 있었다.

그는 한가롭게 손자병법을 읽어 볼 시간을 갖지 못했다. 공격이 최선의 방어라는 것을 병서에서 배운 것이 아니고 실전에서 배웠다.

최전방의 밤은 취침나팔이 낭만적 사치에 지나지 않는다. 눈이 오면 밤새도록 군용도로를 쓸어야 하고, 허허 벌판과 산등성이로 이뤄진 막사 주변은 보초로 그것을 다 지켜야 한다. 수시로 발령되는 비상 훈련으로 잠은 언제나 부족했다. 연대 본부라고 편하질 않았다. 밤새 걸려오는 전언통신문, 주간週間 훈련 계획을 작성하여 발송공문으로 만들어야 하고, 적의 동향을 여러 통신 수단으로 파악하는 일 등으로 밤을 지새울 때가 많았다.

노무식 대위는 밤늦게 일을 마치고 퇴근하면서 조그만 영어 회화 책을 들고 나간다. 집에까지 걸어가면서 간단한 군사 회화를 익힌다. 짧은 학력이 여기까지 따라와 애를 먹인다. 그는 스스로 노(No)무식이라 큰 소리를 친다. 전쟁 통에 공부를 많이 하지 못한 한을 역설적으로 탄식하는 소리다.

나는 23연대에서 소화불량의 고질병을 고치고, 영하 20도 정도의 추위는 예사로 이겨낼 수 있고, 암만 추워도 담요 한 장만 둘둘 말아 덮으면 잘 수 있는 체력을 키웠다. 그보다 더 중요한 것은 이론이 아니라 실천이 중요하다는 것을 철저히 배웠다. 나는 지금도 집안에서 이론으로 핑계를 대고 따지는 것을 제일 싫어한다.

　아주 오래 전, 용장 밑에서 용졸도 되었지만 덧붙여 23연대는 내 정신을 바로 바꾼 가장 값진 정신적 부대가 되었다.

# 제3의 물결

　내가 어릴 때는 짚신을 신고, 산에 나무하러 다녔다. 일제 말기, 관솔을 한 망태 따오지 않으면 학교 안에 넣어주지를 않을 때도 있었다. 관솔에 붙은 송진으로 기름을 짜서 전쟁 물자로 보냈다. 아주 먼 거리도 차가 없으니 누구나 걸어 다녀야만 했다. 그래서 나는 어린 시절을 초보적 제1의 세상에서 보냈다.

　중년이 되자 급속히 발달한 산업화의 혜택을 받아 나도 자가용을 가지게 되었다. TV 앞에서 재미있는 시간을 보내고, 집안에서 전화로 볼일을 볼 수 있는 제2의 세상에서 살게 되었다.

　노년이 된 지금, 세상은 완전히 변하여 방안에서 인터넷으로 온갖 정보를 얻고, 은행 볼일도 다 보고, 물건도 사고 싶은 대로 다 살 수 있게 되었다. 제3의 세상이 온 것이다.

몇 년 전, 나는 배가 몹시 아파 여러 병원을 다녔다. 마지막으로 종합병원에서 한 달간 검사를 받았는데 겨우 병명이 밝혀졌다. '대장 게실'이라고 했다. 그것은 대장의 일부분이 약해져서 긴 풍선의 약한 부분처럼 불룩하게 게집이 생기고, 거기에 대변이 쌓여 부패하게 된 것이라고 했다. 치료 방법을 묻는 나에게 의사는 퉁명스럽게 말했다.

"집에 가서 인터넷으로 찾아보시오."

나는 아무 말고 못하고 집에 와서 인터넷으로 '대장 게실'의 내용과 치료 방법까지 쉽게 찾아 볼 수 있게 되었다. 대장 게실의 원인이 되는 변비에 대한 상식도 알 수 있게 되었고, 그 정보로 음식을 가려 먹었더니 그렇게 아프던 배가 씻은 듯이 다 나았다.

미국의 문명 평론가 앨빈 포플러는 인류는 지금까지 농업 혁명에 의한 제1의 물결, 산업 혁명에 의한 제2의 물결이라는 대변혁을 경험했고, 앞으로 제3의 물결에 의한 새로운 변혁에 직면하게 되었다고 했다.

그는 제3의 물결을 전자공학혁명 등 고도의 과학기술에 의해 반산업주의의 성격을 가지고 역사상 처음으로 인간성이 넘치는 문명을 만들어 낼 것이라고 시사했다.

인류 역사를 에너지 체계로 보면 제1물결 문명에서는 인력, 가축력, 자연력 등 재생이 가능한 자원이며, 제2물결은 석탄,

석유 같은 재생이 불가능한 화석 연료를 사용하여 대량 생산은 가능하나 매장량의 한계에 부딪히게 된다.

결국 새로운 에너지원으로 재생이 가능한 자원이 필요하게 되고, 이것이 제3의 물결로서 대부분의 동력 자원을 수소, 태양열, 지열, 풍력, 조수, 고도의 핵융합 원료에 의존하게 되는 것이다. 결국 이 자원은 자급자족할 수 있고 재생이 가능한 에너지가 되는 것이다.

이러한 산업 구조는 가정을 이전보다 더 중요한 곳으로 만들고 학교에서 담당했던 교육 기능이 대폭적으로 가정으로 이전될 수 있게 되는 것이다. 전자통신 기술의 발달로 인해 재택근무가 늘어나면서 가정의 중요성이 더욱 증가하게 된다.

우리 교육에서도 이미 제3의 물결 속에 변화된 모습을 볼 수 있다. 즉 학교에서 습득한 지식보다 학원이나 집안에서 인터넷으로 얻은 지식이 더 많아지게 되었다.

학생들은 학교의 선생님이나 교과서에만 의존하고 그것만을 믿고 공부하던 시대에서 더 넓고 광범위한 제3의 물결 즉 정보 사회에서 공부하게 되어 개성과 능력에 맞는 자기 공부에 몰입할 수 있게 된 것이다.

새 시대에서는 다양한 지식원을 외면하거나 봉쇄해서는 안된다. 학교 문을 닫아걸고 지식의 탐구를 위한 외출을 막아서도 안 된다. 이미 인터넷 정보 안에는 학교 도서관에 있는 자료보다 더 많은 정보가 담겨 있고, 그것을 활용할 수 있는 능력에 따라서는 어떤 박식한 교사에게서보다 더 많은 지식을 얻어 낼 수 있게 된 것이다.

　우리는 집안에서 모든 정보를 얻고, 모든 일을 처리하고, 학문의 폭을 얼마든지 넓힐 수 있는 제3의 세상에 살고 있다는 현실과, 거기에 동화하고 있는 자신을 새로 발견해야 할 것 같다.

# 조의제문弔義帝文

　조의제문과 그 사초입록史草入錄은 사화史禍의 불씨가 되었다. 성종이 승하하고 연산군이 왕이 된 후, 1498년(연산군 4년) 무오년에 성종실록을 편수하기 위하여 실록청이 개설되었는데 이극돈李克墩이 당상관이 되었다.

　그는 사초에서 '이극돈의 전라감사 때 부정한 행위의 기록'을 보고 김일손에 대하여 원한을 품게 되었다. 이것은 자신의 존립과 직결되므로 이 기록을 없애려 하였으나 뜻대로 되지 않으니 김일손을 제거하기로 마음을 굳히게 된다.

　또 한 가지는 사화의 발단이 된 김종직이 함양군수로 부임했을 때 그곳의 누각에 걸렸던 유자광柳子光의 시판詩板을 철거했던 일이다. 훈구파 유자광은 여기에 큰 원한을 가지고 있었다.

개인적 원한을 품은 이극돈과 유자광이 그렇지 않아도 항상 선비를 싫어하는 연산군에게 조의제문은 곧 세조를 감히 나무라는 것으로서 대역죄를 범하였다고 모함함으로써 마침내 사화를 불러 일으켰던 것이다.

　김종직은 조의제문을 짓게 된 연유를 글머리에 이렇게 썼다.
　정축년 10월 어느 날 나는 밀양에서 성주로 가는 길에 담계역에서 자게 되었는데 꿈에 신神이 제왕의 옷을 입고 다가와 혼잣말로 "초나라 회왕懷王의 손자 심心이 서초의 패왕 항우項羽에게 시해되어 침강에 던져졌다."하고는 홀연히 사라졌다. 나는 깜짝 놀라 깨어나서 말하기를 "회왕은 남초南楚의 사람이고 나는 동이東夷의 사람이며 지리적으로 서로 일만 리 떨어져 있을 뿐 아니라 시대 역시 천년 뒤가 아닌가. 그런데 이제 와서 꿈에 보이니 그 무슨 조짐인고, 또 역사를 상고해 보아도 시체를 강물에 던졌다는 말은 없는데 어찌 항우가 사람을 시켜 은밀히 격살하고 그 시체를 강물에 던졌단 말인가. 참으로 알 수 없는 일이로다."
　김종직은 드디어 조의제문을 지어 의제義帝를 조상했다.
　조의제문의 내용은 의제의 억울한 죽음을 조상하고 항우의 무도한 행동을 규탄함으로써 수양대군에게 죽임을 당한 단종을 애도하는 듯한 느낌을 가지게 했다.

탁영 김일손은 이 글의 내용에 감동하고, 어쩌면 자기가 하고 싶은 말들을 다 쏟아 낸 것 같아 이것을 실록에 올려 역사에 길이 남기고자 했다.

김일손은 이 글을 사초史草에 올렸다.

그러나 이것은 유자광에게 더없이 좋은 빌미를 주어 큰 화를 입게 된다. 자광은 이렇게 해석을 붙여 연산군을 부추겼다.

"조의제문에서 '조룡祖龍이 그의 이빨과 뿔을 희롱한다.' 하였는데 조룡은 진시황으로, 김종직은 진시황을 세조에 비기었고 또 '백성들이 소망을 좇아 임금을 구해 모시다.' 한 대목의 임금은 초나라 회왕의 손자 심心을 말한 것이다. 처음에 항량項梁은 진을 치고자 하여 심을 구하여 의제義帝로 삼았는데 종직은 의제를 노산(단종)에 비유하였으며 또 '시랑이처럼 사납고 이리처럼 탐욕스러운 자 함부로 관군을 죽였다.' 한 대목의 시랑이와 이리는 세조를 지목한 것이다. 함부로 관군을 죽였다함은 김종서의 목을 벤 것을 가리킨 것이다. 또 '어찌하여 그들을 먼저 잡아들이어 도끼를 적시지 않았던고' 라고 한 것은 노산이 어찌하여 세조를 잡아들이지 아니했는가를 지칭한 것이며 '도리어 식혜와 식초처럼 먹혔다.' 함은 노산이 세조를 잡아들이지 아니하고 도리어 세조에게 식혜와 식초처럼 먹혔다는 말이다. 또 '자양의 늙은 붓을 좇으려니 생각은 두렵고 불안하며 근심만 되네.' 한 것은 종직이 주자를 자처하고 이 부賦를 지어 강목의

필법을 모방하려 한 것이다. 김일손은 이 글에 찬동하여 말하기를 '충성된 울분을 빗대어 표현한 것이라.' 하였으니 대역부도의 마음을 품은 것이 분명하다."고 일러바쳤다.

연산은 한술 더 떠 말한다.

"생각건대 우리 세조는 국가가 위태롭고, 장래가 매우 불확실할 즈음 간신들이 난을 모의하고 화禍의 시기가 거의 미치려할 때 발기하여 역도들을 베이고 제거하여 위태로운 종사를 다시 안정시켰으며 그로 인하여 자손들이 대를 이어 지금에 이르렀는데 그 공업이 매우 크고 높으며 그 덕은 백황의 으뜸이로다. 그런데 뜻밖에도 종직이 그의 문도를 움직여 성덕을 헐뜯는 논의를 하였고, 김일손으로 하여금 사기에 거짓된 글을 싣게 함에 이르렀으니 어찌 일석이조의 일이겠는가. 그동안 불신不臣의 마음을 은밀히 품고 삼조三朝를 내리 섬기어 왔도다. 내 지금 생각하니 그 동안 이를 깨닫지 못했음이 슬프고 두렵도다. 그들에게 가할 형벌의 종류와 명칭을 논의하여 아뢰어라."

왕의 이 말에 유자광 등은 신이 났다. 그들의 살 길은 사림파들을 가차 없이 몰아내는 길 밖에 없었기 때문이다. 이에 그들의 뜻은 일치했으나 노사신만이 홀로 반대했다.

"문자文字의 사건을 반역으로까지 몰고 가는 것은 너무 과중합니다."

유자광은 안색을 붉히며 힐난했다.

"문자가 곧 그들의 뜻이 아니오? 뜻은 곧 행동으로 옮길 근원이거늘 어찌 그런 말씀을 하시오."

그 말 속에는 노사신도 반역자의 편이 아닌가 하는 협박성이 다분히 들어 있었다. 목이 걸린 이 논의에 앞에 나서서 반대하는 자가 더 이상 없었다.

왕에 올릴 보고서는 일사천리로 만들어졌다.

"김종직은 은밀히 화심禍心을 품고 몰래 결당하여 흉모를 퍼뜨리고자 한 지 오래 되었다. 항우가 의제를 시해한 사건을 빌어 거기에 의탁, 갖은 문자로써 선왕을 흉보고 헐뜯었으니 그 죄는 하늘에 사무칠 죄악이며 용서할 수 없어 대역으로 부관참시部棺斬屍해야 한다고 논의되었다. 그 문도門徒 김일손, 권오복, 권경유도 그 붕당이 간악하여, 한 뜻이 되어 서로 돕고 그 글을 충성된 울분이 넘친다고 칭송, 이를 사초에 실어 영구히 남기고자 하였으니 그 죄는 종직과 같아 모두 능지처사陵遲處死해야 한다. 김일손은 또 이목, 허반, 강겸 등과 더불어 선왕의 없는 사실을 거짓으로 꾸며 서로 전하고 알려 사초에 기록했다. 이목과 허반은 다 같이 참수斬首에 처하고 강겸은 장형 100대를 집행하고 가산을 몰수하며 최변방에 노예로 보낸다."

이외에도 많은 사람이 형벌을 받고, 귀양 가고, 파직 좌천되게 진언했다.

연산은 이 진언을 듣고 바로 시행케 했다. 집행 때는 형벌을 다소 첨삭했으나 거의 원안대로였다.

형벌은 가혹했고 더 많은 사람들이 연루되었다.

이렇게 사초가 원인이 되어 무오년에 사림들이 대대적인 화를 입은 사건이라 해서 무오사화戊午史禍라고 한다. 이 사건으로 대부분의 신진 사림이 죽거나 유배당하고 이극돈까지 파면되었지만 유자광만은 연산군의 신임을 받아 조정의 대세를 장악했다.

연산군 4년 7월 27일 낮 12시 15분, 김일손은 향지翯之, 자범子汎, 중옹仲雍, 문병文炳과 더불어 담소하며 평일과 같이 평온하고 의젓한 자세로 형장으로 나아갔다. 처절한 살상이 시행되었다. 해도 짙은 구름으로 눈을 가렸다. 검붉은 피의 잔치가 거의 끝나갈 무렵 낮이 그믐밤 같이 어두워지더니 큰 비가 쏟아졌다.

김일손의 고향 청도 운계리 앞 개울물은 3일 동안 핏빛으로 흘렀다. 후에 그 개울을 자계천紫溪川이라 이름하여 오늘에 이르고 있다.

# 책한테 길을 물어

"누구의 길도 평탄하지는 않다. 모두가 고단하다. 길은 때로 나그네의 발 앞에서 끊어지기도 한다. 그러나 마음을 가다듬어 보면 어느새 길은 이어져 있다. 그저 묵묵히 걷는다⋯."

어느 수필가의 「길」이라는 제목의 글이다. 항해사가 천체를 이용하여 자기 위치를 알아내는 것처럼 인생의 길에서 자신의 위치를 확인하고 바른 길을 찾아가는 능력은 자신이 얼마만큼 책을 많이 읽고, 많이 생각하고 그것을 자신의 것으로 만드느냐에 달려 있다.

며칠 전, 김용옥 교수는 TV 강연 마지막 날에 '내 갈 길을 간다.'고 'My way'를 열창했다. 그의 무한한 지식의 샘물이 어디에서 나오는가를 확인해 볼 수 있는 시간이었다. 그가 얼마나 많은 책을 읽었는가를 여실히 보여주고 있었다. 누구나 자기가 가고 싶은 길이 있고, 남과 달리 내 갈 길을 가고 싶어 한다는 것도 확인하게 되었다.

그러나 그 여행길에는 지도가 있어야 하고 최소한의 독도법에 대한 지식이 있어야 한다. 그 기초 지식은 책에 있고, 책에게 물어서 가야 한다.

책을 싫어했던 사람 중의 대표자가 분서갱유焚書坑儒로 유명한 진시황제다. 책을 불사르고 많은 지식인들을 죽였다. 중국을 최초로 통일한 강력한 시황제가 책을 싫어하는 분위기를 만들었으니 나라가 오래 가겠는가. 환관 조고가 황제의 아들들을 다 죽이고 나라를 망하게 했다.

책을 많이 읽는다고 다 지혜로운 것은 아니다. 몽테뉴는 책을 많이 읽어도 그것을 주관적으로 잘못 해석하여 오류를 일으키는 것을 권위적 무지라 했다. 그것은 글자도 못 읽는 초보적 무지보다 남에게 더 큰 피해를 주기 때문에 매우 위험하다. 뿐만 아니라 권위적 무지에 빠진 자는 자기당착으로 인해 바른 길을 가지 못하는 불행을 겪게 된다.

누구나 한 번 뿐인 인생을 넓게, 크게, 아름답게, 재미있게 살고 싶어 한다. 그러나 그 다양한 모양과 내용과 맛을 누가 다 가르쳐 주며 사전 답사를 할 수 있겠는가. 그러나 인간은 지혜롭게도 지나간 사람의 경험을, 뛰어난 사람의 식견과 많은 사람의 의견을 한데 모아 책으로 낼 줄을 알았다. 우리는 책한테 길을 물으면 쉽게 갈 길을 가르쳐 주니 얼마나 다행인가.

　우리는 책 속에서 선인들이 갔던 길, 성현들이 밟았던 길을 훤히 볼 수 있고, 어디서 쉬고, 어디서 노래 부르며, 어디서 큰 일들을 이루었는가를 볼 수 있다. 우리는 끊임없이 길을 간다. 우리는 책한테 길을 물으며, 책에서 암시를 받아 자기 길을 개척하면서 자기만의 길을 간다.

# 소 그림

　내가 어린 시절, 10살 쯤 되었을 때 가장 용감해 보인 친구가 서당골 창식이었다. 그는 아주 크고 무섭게 생긴 황소를 거침없이 몰고 다니며 풀도 먹이고, 집으로 올 때는 그 등에 타고 오기도 했다. 야산에서 동네 소가 한데 어울려 풀을 뜯길 때 그는 장난으로 황소 사타구니 밑으로 들어가 커다란 황소 불알을 잡아당겼다. 뒷발질을 잘하는 그 황소가 쪼그만 창식이를 걷어찰까봐 조바심을 하며 보고 있는 우리들에게 보란 듯이 불알을 더 길게 잡아당겨 보여주기도 했다. 그는 소먹이 아이들의 우상이 되었다.

　우리 집 소는 얌전한 암소였다. 나는 키도 작고 몸도 약해 그 암소가 내 체격에 딱 맞았다. 우리 소는 나보다 키도 크고 힘도

셌지만 내가 시키는 대로 잘 따랐다. 논두렁에 소를 몰아넣고 풀을 먹이면 양쪽 둑에 연한 풀이 많아 소는 맛있게 풀을 잘 뜯어 먹고, 짧은 시간 안에 배가 뿔룩해졌다. 집으로 올 때는 큰 도랑에 소를 몰아넣어 물을 실컷 마시게 했다. 집에 오면 할아버지는 불룩한 소의 배를 두드려 보고는 내 머리를 쓰다듬으며 칭찬해 주셨다.

칠팔월 긴긴 해에 모자도 없이 뙤약볕 아래 소고삐를 쥐고 서 있으면 배도 고프고 더위를 이겨내기가 무척 힘들었다. 도랑을 따라 내려가다가 감자 밭이 보이면 감자 한 알을 몰래 뽑아 도랑물에 대충 씻어 입으로 껍질을 깎으며 먹었다. 그러면서도 소고삐를 꼭 붙들고 그를 주시하지 않으면 안 된다. 내가 잠깐 한눈을 팔면 소는 그 사이에 목을 길게 뻗어 논 안에 총총 서 있는 나락을 한입 뭉텅 뜯어먹는다. 나는 논 임자에게 들킬까봐 질겁을 하고, 쇠코뚜레를 잡아 쥐고 고삐 줄로 사정없이 머리를 후려친다. 도랑 안에 서 있는 소는 꼼짝 못하고 얻어맞으며 겁먹은 큰 눈으로 나를 쳐다본다. 나는 금세 불쌍한 생각이 들어 코뚜레를 놓아준다. 우리 소는 참 순했다. 쪼그만 나한테 그렇게 얻어맞고도 한 번도 떠받으려고 한 일이 없었다.

그러나 창식이네 집 황소는 내가 그 곁에 가기도 싫었다. 보기만 해도 무서웠다. 그에게 한 번이라도 떠받쳤다 하면 살아남지 못할 것만 같았다.

이중섭은 소 그리기를 즐겼다. 중학교 다닐 때부터 소를 찾아 다니며 그 모습을 화폭에 담았다. 이중섭의 소 그림은 자신의 분신이며 굴곡이 많은 우리 민족사와 거의 닮았다.

그의 소 그림은 25점쯤 되지만 대표작은 '소 삼총사' 다. 한판 싸우고 나서 한숨 돌린 뒤의 평온한 소, 왠지 모를 슬픔을 눈동 자에 머금은 애련한 소, 곧 싸울 태세의 공격적인 소를 각각 다 른 화폭에 담았다.

굵은 선으로 꽉꽉 눌러 그린 그 그림은 한국적 정서를 풍기며 살아 움직이는 듯한 모습을 하여 아무도 흉내 내지 못할 명화가 되었다. 그런데 미국 문하원장 맥타카트 박사가 그 그림을 보고 칭찬한다는 말이 스페인 투우처럼 무섭다고 했다. 이중섭 화가 는 너무 무지한 평에 화가 나서 여관방에 들어가 펑펑 울었다고 한다. 그는 착하고 고생만 하는 소, 가장 한국적인 소를 그렸는 데 그것을 몰라주는 것이 무척 서운했던 것 같다.

내가 어릴 때, 넓은 들판을 보면 그 안에 움직이고 있는 것은 사람과 소뿐이었다. 사람과 소가 삼복더위에도 그늘 한 점 없는 들판에서 함께 일하고 있었지만 소는 사람의 말을 잘 듣고 따랐 다. 한국의 소는 정말 순종형이다. 창식이네 황소도 내가 무서 워했지만 사람을 다치게 한 적은 없었다.

그 소는 달구지도 우리 동네에서 가장 큰 것을 끌고 다니며

들에 있는 모든 짐을 실어 날랐고, 그 넓은 들을 다 갈고 썰었다. 김천 장날이면 왕복 80리 길을 장꾼들의 짐을 바리바리 싣고 자갈이 깔린 신작로를 종일 걸었다. 발바닥이 닳아 발굽이 떨어져 나가려고 하면 짚으로 덧신을 만들어 갈라진 발굽 사이에 끼워 신겼다. 평생 험하고 힘든 일 속에 묻혀 살아도 그것을 거부하거나 태만한 모습을 보이지 않았다.

세월은 황소처럼 무거운 걸음으로 천천히 지나간다. 농촌의 칠팔월의 긴 해가 마음과 몸을 무겁게 짓누르며 소처럼 느리게 흘러간다. 이중섭의 그림을 유심히 보면 그것이 희미하게 보인다. 고통과 절망을 가득 담은 눈, 거친 숨소리, 가끔 몸부림치는 격렬한 동작, 가난과 좌절과 외로움 속에서 41살에 불귀의 객이 된 이중섭은 그런 소가 되어 떠났다.

나는 소고삐를 소잔등에 얹어놓고 그 뒤만 따라가면 우리 집을 찾아가는 소처럼 꼬불꼬불한 세상길을 아무 소리 않고 오늘도 우직한 소걸음으로 걷고 있다. 꼭 이중섭의 소 그림처럼.

# 축사祝辭

　"오늘, 노자끼〔野崎〕후시미 한일 교류 20주년 기념 파티를 이곳 대구에서 개최하게 된 것을 충심으로 감사드리며, 축하해 마지않습니다.

　특히 노령에도 멀리서 이곳까지 왕림해 주신 후시미 선생의 자당慈堂, 가스베 가스에〔勝部 和江〕어른께 충심으로 경의를 표합니다. 또 오늘 이 행사를 축하하고 성원해 주시기 위하여 멀리 일본에서 오신 내빈 여러분에게 진심으로 환영하며 감사의 인사를 드립니다."

　그간 후시미 선생은 일본에서 종이 공예의 우상이었지만, 그의 솜씨와 작품 세계를 대구에서 직접 만날 수 있게 해 주셨습니다. 뿐만 아니라 국제간 예의범절, 개인 간의 인간애와 우정을 솔선수범함으로써 우리에게 큰 감동을 주었습니다. 그는 20여 년 간 수없이 한국을 드나들고, 많은 사람을 만나고 교류하면서도 그의 허튼 자세나 빈 마음을 볼 수가 없었습니다.

11년 전, 후시미 선생의 부군 노자끼 히로아끼 선생이 경북고등학교를 방문한 일이 있었습니다. 그는 고등학교 교사이면서 야구 감독이었습니다. 그 때 지금 삼성의 배영수 선수가 경북고등학교 3학년이었는데 제가 히로아끼 선생에게 조언을 부탁했습니다. 그는 칭찬만 하고, 다정스럽게 격려만 하고 떠났습니다. 우수한 일본 고등학교 야구를 자랑하지도 않고, 다만 도약하는 한국 학교 야구의 미래를 희망적인 칭찬으로만 일관했습니다.

나는 그때 어쩌면 부부간에 겸손하고 예절 바른 성품이 그렇게 똑같은가 하고 감탄했습니다. 오늘 이 자리를 함께 했으면 아름다운 예절의 결실을 많은 사람들이 보고 칭송을 받았을 것인데 안타깝게도 그는 몇 년 전 하늘나라로 떠났습니다.

후시미 선생은 일본의 한지 공예의 대가입니다. 그는 모범 여인상으로 이와이 모리공원에 동상으로 우뚝 서 있기도 합니다. 이런 분이 한국에 대한 사랑과 애정이 너무 깊어, 예술 행사가 있을 때마다 참석하여 격려도 하고 찬조도 해 주셨습니다. 제가 알기로도 문경 도자기전, 어느 화가의 개인전, 서예전, 전통예술 행사 등 종이 공예와 별 관계가 없는 예술 행사에도 꼭 참석하고, 비싼 작품을 구입해 작가의 사기를 높여주셨습니다. 참으로 국경을 넘는 인정이고 사랑이었습니다. 그러면서도 한국의 푸근한 인정과 자유스런 생활을 칭찬하고, 일본인이 배워야 한다고도 했습니다.

후시미 선생은 20년간 대구에 한지 공예 뿐 아니라 아름다운 인정과 사랑의 씨를 뿌리고 오늘 늦은 가을에 그 탐스런 열매를 맛보게 해 주셨습니다.

그를 칭송하려면 한이 없겠습니다. 너무 시간이 지나서 그가 쓴 시 한 편을 소개하며 마치겠습니다.


내가 한지를 좋아한 것은
다섯 살 때 병상에 있을 때였다.
어머니를 찾는 미닫이에서 비롯된다.
인자한 어머니의 목소리가 들리고
따뜻한 어머니의 발자국 소리도 들리고
갖가지 자연의 소리도 들려 왔다.
미닫이의 창호지는 하나의 스크린이었다.
그곳엔 어머니의 사랑스러운 모습이 비쳤다.
어릴 때 나는 티 없이 노닐었다.
시집을 간 그 집 밭에는
무슨 인연인지 닥나무가 자라고 있었다.

아련히 그리워진 그 동심, 그리고 그 꿈의 세계를 만져보고

꺾어보고 냄새도 맡아 보는 그 가운데

한지를 생산하는 사람을 찾아

종이를 뜨기도 하고 물감도 들여 보기도 하고

깁기도 하고, 그림을 그리기도 하고

비틀기도 하고, 태우기도 했다.

지금은 짜기도 하고, 주무르기도 한다.

그 옛날 내가 어머니를 그리워 찾던 것과 같이

한지가 나를 찾고 또

나를 부르는 소리가 들린다.


후시미 선생은 진정 효녀입니다. 그리고 행복합니다. 지금 이 시간에도 멀리 한국까지 90이 다 된 어머니를 모시고 와서 이 파티를 함께 하고 있으니까. 참 행복합니다.


(野崎 후시미 韓日交流 20周年 紀念 파티에서 2010년 11월 10일)

# 경조의慶弔儀의 잣대

살다보면 축하할 일이나 위로해 주어야 할 일들이 많다. 누구나 젊었을 때는 경조사의 통지서가 너무 많이 와서 고민을 하게 된다.

얼마를 부조해야 할까? 많이 할수록 좋지만 주머니에서는 언제나 아쉬운 신호가 먼저 전달되어 온다. 돈의 철학은 언제나 부족하다는 것이다. 이상하게도 주머니가 비었을 때 경조사 소식이 더 많이 전해 온다. 유독 나에게만 머피의 법칙이 더 밀착되어 있는지. 외상도 되지 않는 경조의금, 카드도 사용할 수 없다. 언제나 급하게 현금을 마련하여 정해진 날에 봉납해야 한다. 결국 돈을 빌리더라도 최소한의 금액으로 최소한의 체면을 유지해야 한다.

경조사 금액 단위가 어디서 정해졌는지, 3만 원, 5만 원, 10만 원, 그다음부터는 10만 원, 20만 원, 30만 원… 순서로 올라간다. 7만 원이나 15만 원이란 숫자는 아주 어색하고, 받는 사람에게는 불쾌한 의문을 남기게 될지도 모른다.

나는 청첩장을 받거나 상가에서 오는 조전을 받으면 내가 받은 경조의부를 먼저 확인한다. 금액을 거기 적힌 대로 정하고, 특별한 사정이 없는 한 꼭 경조사 장소에 참석한다. 돈만큼 얼굴을 보이는 것도 중요하다.

옛날 부조는 큰일을 치를 때 일손이나 현물로 도와주는 품앗이였다. 부조라는 말은 서로 의지하고 서로 돕는다는 뜻으로 상부상조相扶相助에서 유래됐다. 혼사나 장례가 있을 때 곡식, 술 등 필요한 물품을 주거나 노동력을 제공하는 것이 전부였다. 언제부터인가 현금이 등장하여 상대방의 지위나 친밀도에 따라 금액이 정해지고 그것도 언제나 내 분수를 뛰어넘기 마련이다.

그 액수는 그를 대하는 잣대가 되고 그가 나를 인정하는 잣대로 매겨지게 된다. 때문에 여간 신경이 쓰이는 게 아니다.

정승 말 죽은 데는 가도 정승 죽은 데는 안 간다는 속담도 있다. 인심은 야박하다. 나에게 되돌아올 대가가 없으면 아예 외면한다. 거기 가봐야 고인은 말이 없고 그 가족들은 상면조차 없었으니 차후에 무슨 덕을 보겠는가. 이제는 피를 나눈 집안까지 세태를 닮아 간다. 잘 사는 집이나 벼슬이 높은 집안사람은 자연히 액수가 높아진다. 나에게 큰 도움이 되지 않는 집안은 비록 형제간이라도 차별을 하게 된다.

상가가 너무 가난하여 부조를 더 많이 했다는 말은 들어보지 못했다. 슬프게도 경조사에는 잣대가 뚜렷하고, 거기에는 인정이 파고 들 틈이 없다.

부유한 집안의 가족들은 우애 있는 모습을 보여주지 않는다. 예나 지금이나 권력이 돈이 되고, 돈이 권력을 만든다. 역사에서 권력자가 형제나 집안사람들을 무참히 죽이고 멀리 하는 사례를 많이 보았다. 그들에게 무슨 상부상조가 있으며, 축하할 일이나 슬퍼해 줄 일이 생기더라도 타산打算으로 눈을 가리고 엉뚱한 모습을 보여주고 있지 않는가.

가난한 아이들이 소나기가 오는데 비닐우산 하나를 함께 쓰고 가면서 무엇이 그리 좋은지 끝없이 재잘거리며 가는 모습을 본다. 참 보기 좋다. 밑에 옷은 다 젖고, 신속에서는 물이 철벅인다. 비오는 날 우산을 주는 것보다 함께 비를 맞으며 걷는 것이 더 소중한 인간애가 아닌가. 경제학 서적에는 이런 이야기는 아예 없다. 가장 수준 높은 경제학 서적에는 남의 돈을 어떻게 합법적으로 빼앗고, 내 돈을 어떻게 잘 지키며 또 그것을 큰 이윤으로 늘리는 방법이 실려 있다.

돈은 인정이 없다. 그러나 자기 집도 없이 노래를 불러 번 돈과 그 아내가 배우로 번 돈을 가난한 사람을 위하여 몽땅 다 바치고 있는 분이 있다. 지금도 남의 집에 살면서 선행을 계속하고 있다. 이 세상의 돈은 경제학의 원리로 운용되지만 그와 반대로 인정과 사랑으로 운용하는 사람들도 있음으로 돈의 물결이 잔잔하게 흘러가고 있는 것이다.

오래 전, 어쩔 수 없이 재벌가의 혼사에 참석해야 할 일이 생겼다. 혼주의 옛 은사님을 모시고 가야 했는데 신라호텔 예식장까지 기차를 타고, 택시를 타고 장시간 여행 끝에 겨우 거기에 도착했다. 두 사람의 여행은 축의금 액수 때문에 고민하고 괴로워하는 어두운 시간이 되었다. 화려한 예식장은 식사도 할 수 있게 좌석을 넓게 잡아 손님을 많이 받을 수가 없게 되어 있었다. 초대받은 손님만 입장이 허가되었다. 우리는 초대장도 없이 어떤 의무감으로 참석했으니 좌석이 없다. 다행히 제자 한 사람이 접수대에서 안내를 하고 있어 말석 여분 석에 앉을 수가 있었다. 더 다행스러운 것은 축의금을 일체 받지 않는 것이었다.

식후 테이블에 나오는 식사는 처음 보는 화려한 음식이었지만 주눅이 들어 맛도 느끼지 못하고 빨리 이 궁전을 빠져나가고 싶은 생각뿐이었다.

이제 경조사 통지가 오면 깨알처럼 써놓은 그 묵은 장부를 들여다보지 말아야지. 당사자의 형편을 참작하여 인정으로 내가 부조하는 마음이 되어야 하겠다. 경조사에서 진심어린 축하나 애도의 미덕을 부조금이 망쳐놓고 있다. 또 그 금액의 잣대는 위화감을 증폭시켜 서로를 멀리 갈라놓는다.

인정과 주머니의 싸움을 낡은 장부가 정해 놓은 그 잣대를 과감히 버리고, 따뜻한 인정과 사랑으로 내 마음만 쏟아 붓는 경조사가 되기를 소망해 본다.

# 마음으로 그리는 수필

　사람은 불완전한 존재다. 언제나 자신의 부족한 것을 알고, 괴로워하며 슬퍼한다. 때로는 이것을 남의 탓으로, 환경의 탓으로 여기며 원망도 하고 꼬집기도 한다. 그리하여 이것을 고쳐나가려는 지혜를 짜내어 용기와 희망을 불러일으킨다. 이러한 변동은 모두 마음에서 일어나는 작업이다.

　배우 김수미 씨는 그의 수필에서 '온갖 고생을 다 하고 난 뒤 40 고개를 넘어 뒤돌아보니, 내 가슴에 행복과 불행 두 개가 나란히 있는데 내가 잡는 것이 내해더라.' 하면서 행복을 지향하는 방법을 설파했다. 여기서 마음으로 세상을 보고 마음으로 행복을 창조해 나가려는 힘겨운 그의 모습을 엿볼 수 있다.

　수필은 독백문학이다. 자신의 이야기, 자신의 생각, 자신의 소망 등을 문학적으로 표현하는 글이다. 하나의 사실이 문학적 실체가 되기 위해서는 미적 창조 과정을 거쳐야 한다. 그러나 수필은 허구적 이야기를 써서는 안 된다.

이 미적 창조과정은 매우 어렵다. 많은 책을 읽고, 많은 글을 짓고, 그것을 다시 생각하며 수없이 고쳐나가는 작업이 필요하다. 좋은 수필을 많이 읽는다는 것은 문학적 소양으로서의 자산뿐 아니라 정신적 자산으로 세상을 바로 보고, 재미있게 살아가는 방법을 터득하게 되는 것이다.

누구나 이 세상을 사랑하는 마음으로, 따뜻한 눈으로 바라보면서 오래오래 가슴속에 글로써 담아두고 싶을 것이다. 그러나 사랑하는 것이 훨씬 편하다고 하지만 미워하지 않으려는 괴로움을 끊임없이 겪어야 하는 것을 어쩌겠는가. 제 힘으로 이루지 못한 사랑을 글 속에서 이루어 보는 기쁨, 남이 책 속에서 발견해 내는 기쁨은 수필을 사랑했던 보람이 될 것이다.

수필은 비록 언어로 구성되어 있지만 언어는 말대로 되고자 하는 지향성志向性을 지니고 있다. 좋은 수필은 세상을 좋게 보게 하고, 좋은 수필을 쓸 때는 독자와 더불어 좋은 세상을 마음껏 음미할 수 있게 될 것이다.

수필은 단순한 사건을 추상적으로 은유적으로 표현하고, 글자를 여러 모로 조합하는 작업이지만 그 내용에 빠지면 영혼에 활력을 불어넣고, 삶의 나침판을 바로 설정할 수 있게 된다. 여기서 마음으로 세상을 볼 수 있는 기회를 포착하게 되고, 삶의 가치와 보람을 발견하게 되는 것이다.

마음은 깊은 곳에 있어서 쉽게 들여다 볼 수 없다, 때로는 자기 마음이라고 솔직하게 이야기한다고 하지만 내면에 잠재되어 있는 생각을 자신도 찾아내지 못하고 남에게 이야기하는 경우가 있다. 이 숨어 있는 진정한 마음을 무의식이라고 한다.

무의식에는 의식으로 올라오지 못하고 포로처럼 잡혀 숨만 쉬고 있기도 한다. 금지된 욕망들이 숨어 있는 것이다. 그래서 금지된 사랑의 이름은 무의식에 살면서 자신까지 모를 때가 많다. 이것을 찾아 글로 그려낸다면 참으로 감동적인 수필이 될 수 있을 것이다.

# 참고 기다리는 지혜

우리가 소망하는 것은 많다. 급한 것도 있고, 힘이 많이 드는 것도 있다. 불가능한 것이 제일 많지만 '만약'이라는 전제를 붙여보면, 불가능을 가로막는 제한적 조건이 해제되어 그 소망을 성취할 수도 있다. 우리는 긴 역사에서 그런 예를 많이 보아왔다.

통일은 우리의 소망 중에 1호다. 그러나 66년을 기다려도 쉽게 오지를 않는다. 기다리지 못하고 강제로 6·25전쟁을 일으켜 통일을 시도했지만(우리가 원하지 않은) 주위의 국제적 환경은 그것을 용납해 주지 않았다.

우리는 어쩔 수 없이 기다려야 한다. 알 수 없는 역사가 자연스레 통일의 여건을 만들 때까지 기다리지 않으면 안 된다.

나는 오래 전에 '만약을 위하여' 라는 영화를 보았다. 젊은 남녀가 열차 안에서 서로 알게 되었는데 그들은 각자가 가지고 있는 환경이 사랑할 수 없는 여건이었다. 여자의 집, 포도 수확 카니발에서 포도주 잔을 든 남녀는 작별의 건배사로 "만약을 위하여"를 함께 외친다. 두 사람은 헤어지지만 서로의 환경이 바뀌어 다시 결합하게 된다. '만약' 이 그들의 사랑을 이룰 수 있게 한다는 극적인 내용이다.

독일의 통일도 주변의 여건으로 이루어졌다. 그야말로 '만약' 이라는 가정이 꿈처럼 이루어진 것이다. 물론 많은 준비와 대비책이 있었지만 기다림과 주변 환경의 변화가 극적으로 통일을 이루게 한 것이다.

통일의 노래로, 열정적인 토론으로, 피를 토하는 구호나 시위로 통일이 되는 것은 아니다. 참으로 경계해야 할 것은 통일이라는 이름으로 개인적 욕심을 충족하고, 국민을 피곤하게 하는 것이다.

우리가 잔칫날을 준비하듯 통일에 대비한 재정적, 사회적, 이념적 준비와 겨레사랑으로써 모든 어려움이나 이질적인 문제들을 서로 이해하고, 양보하고, 수용하는 마음의 준비가 필요하다.

그리하여 만약에 급변하는 국제적 환경으로 통일의 기회가

온다면 그것을 신속히 이룰 수 있는 준비가 되어 있어야 한다. 정치, 경제, 군사적인 대응 태세와 거기에 소요되는 물질과 재정은 물론 서로가 융합할 수 있는 사상과 동족애가 준비되어 있어야 원만한 평화통일이 이루어질 수 있을 것이다.

국가가 형성되고 유지되는 조건으로 사랑이나 인정은 오히려 상대방의 먹잇감이 될 수도 있다.

삼국지는 정치가의 교과서가 되지만 거기서 배우는 것은 권모술수 즉 목적을 위해서는 수단을 가리지 않고 인정이나 도덕도 없이 권세와 모략과 중상 등 온갖 수단과 방법을 쓰는 술책뿐이다.

평화통일은 꿈이다. 만약을 기대하며 때를 기다려야만 하니 참으로 안타깝고 서러울 뿐이다.

독선으로 군림하고 있는 사람들이 흔히 '나는 마음을 열었다'고 호언한다. 마음을 비우기도 어렵고, 마음을 열기도 어렵다.

# 언어의 마술

농촌이나 농부는 말로 숭상되고 말로만 대접을 받는다. 노동자, 농민을 하늘처럼 말로 받들던 그 정치가가 노동 현장에서 직접 노동하는 것을 보았는가. 또 그가 바쁘다는 핑계가 끝난 말년에 그 신성한 노동판에서 생을 마감하리라고 진심으로 믿는 사람이 있겠는가.

우리는 귀거래사歸去來辭나 어부사漁父詞를 우리 생활의 이상으로 여기지만 농부나 어부가 되려는 사람은 없다. 뿐만 아니라 그들은 들에서 일하는 농부가 같이 일하는 동물과 같은 수준에서 일한다고 절대 말하지 않을 것이고, 오히려 온갖 미사여구로 농어촌을 찬양하기에 바쁠 것이다. 다 거짓말이다. 책임 없는 말이다.

북한의 역사책 '조건 통사' 에 보면 역사는 노동에서부터 시작되었다고 주창하며 노동자, 농민이 이 세상을 다스려야 하고 주인이 되어야 한다고 강조한다. TV에서 보이는 북한 소식에서 말끔하게 차려 입은 평양시민이 주인으로 보이는가. 시골 농촌이나 공장의 노동자가 주인으로 보이는가. 솔직히 말해보라. 다 선동이요, 위장이다. 진실로 노동자 농민에게 도움을 주는 사람은 따로 있다.

　그래서 언어학자들은 이런 언어의 다면성과 속임수를 '언어의 마술' 이라 했다. 우리는 눈만 뜨면 TV, 라디오, 신문 그리고 대인관계에서 말 속에 산다. 이 많은 말 속에 우리를 실망시키는 말들은 대부분 정치가들의 입에서 나오는 말들이다. 이제 그들은 '언어의 마술' 을 최소한의 예절인 '마술사의 눈속임 기교' 도 없이 드러내놓고 거짓말을 한다.

　말은 우리의 생각과 마음을 담는 그릇이다. 진실한 사람은 말로 자기를 위장할 것이 아니라 어렵고 힘없는 사람과 행동으로 함께 해야 한다.


　내가 말에 대하여 많은 관심을 가지고 '언어능력의 심리적 발달에 관한 연구' 를 시도해 본 적이 있다. 언어와 심상心象은 불가분의 관계에 놓여 있기 때문에 평소 자신이 제일 많이 생각하는 것이 언어의 단어로 표출된다.

17세의 남녀 학생들의 마음을 무작위로 조사해 본 일이 있다. 가장 많이 표출된 단어가 어머니, 사랑, 바다, 꽃, 친구, 희망, 고독 등이었다.

여기서 우리의 잠재의식 속에 어떤 단어가 무의식으로 존재하여 그것이 우리 생활에 큰 역할을 하고 있다는 것을 알게 되었다. 우리의 잠재의식 속에 우선순위가 높을수록 매우 중요한 역할을 하고 있다는 것도 알아내었다.

인간은 이러한 언어를 역으로 이용하거나 거짓으로 전략적 단어로 이용하여 자기의 욕망을 채우는 경우가 많다. 언어의 마술을 악용하는 것이다. 개도 없는 집에 대문에다가 크게 '맹견 주의'라고 써 붙여 놓으면 모두 겁을 먹고 그 집에 함부로 들어가지 못한다.

성경에도 '태초에 말씀이 계시니라. 만물이 그로 말미암아 지은 바 되었으니 지은 것이 하나도 그가 없이는 된 것이 없느니라.'고 하였으니 언어의 힘이 얼마나 크다는 것을 분명하게 알게 된다.

# 세상을 보는 눈

제2석굴암으로 넘어가는 팔공산 기슭, 어느 전통 찻집 앞에 '수도승이 술집에 들어가면 도량道場이 되고, 술꾼이 술집에 들어가면 술집이 된다.' 는 글귀가 붙어 있다.

삼라만상은 사람이 어떻게 보느냐에 따라 그 모양이 달라진다. 따라서 세상을 바른 마음을 가지고 보아야 바르게 보이고, 바르게 행동할 수 있는 것이다.

불교의 초기 경전 '숫타니 파타' 에 악마 파피만이 말하기를

"자녀가 있는 이는 자녀로 인해 기뻐하고 소를 가진 이는 소로 인해 기뻐한다. 사람들은 집착으로 기쁨을 삼으니 집착할 데가 없는 사람은 기뻐할 건덕지도 없으리라." 그러자 스승이 대답하기를 "자녀가 있는 이는 자녀로 인해 근심하고 소를 가진

이는 소 때문에 걱정한다. 사람들이 집착하는 것은 마침내 근심이 된다. 집착할 것이 없는 사람은 근심할 것도 없다."

세상을 바로 보지 못하게 하는 가장 큰 장애물은 '욕심에 대한 집착'이다. 흔히 사람들이 마음을 비웠다고 큰 소리로 자랑한다. 그러나 그 내면에는 어떤 집착을 남겨 두고 겉으로만, 말로만, 무소유無所有를 외치니 그것이 거짓임이 금방 들통 난다. 집착을 버린다는 것은 자기 자신을 몽땅 버려야 한다는 것을 모르고 있다.

이제 선거철이 되었다. 누구를 선택할 것인가? 세상을 바로 볼 줄 알고, 그 이치대로 행동하는 사람을 선택해야 한다. 그렇게 민주화를 부르짖고, 애국애족을 외치던 사람이 더 부패하게 된 것은 그가 집착을 버리지 못하고, 세상을 바로 보지 못했기 때문이다.


이 세상에서 가장 부유한 자는 자기가 가진 것에 만족하는 자라 했다. 자기가 가진 것만 해도 넉넉한데 웬 욕심이 그렇게 많은지. 욕심을 버리지 못한 사람들은 결국 검찰의 신세를 지게 되고, 국민의 따가운 시선을 받게 된다. 사람들이 탄식한다.

"그만한 지위에 있으면 그렇게까지 욕심을 안 부려도 충분히 먹고 살 수 있을 텐데…"

국가 고위직을 임명하기 위한 청문회를 연다. 어김없이 위장전입, 세금 포탈, 불법 주택 청약, 국적 불명 등이 드러난다. 시골에서 농사를 짓고 있는 농부에게는 전연 해당되지 않는 사항들이다. 왜 고위직이나 갑부에게만 해당되는 문제들인가. 그래서 고관대작이나 돈을 깨끗하게 보지 않는다.

어느 이름 있는 시인이 나이 많아 퇴직금을 일시금으로 탔다. 평생 큰돈을 한번 가져 보고 싶기도 했고, 당장 급하게 돈 쓸 일도 생겨서 목돈을 쥐게 되었다. 그는 평소에도 검소했으니 잘 아껴 쓰면 남은 돈으로 평생 먹고 살 수 있을 것 같았다. 그러나 그 많은 돈이 2년을 넘기지 못했다. 결국 조금씩 월급을 탈 때나 목돈을 쥐고 있을 때나 부족하기는 마찬가지였다.

그는 그의 글에서 '돈은 항상 부족하다.'고 철학자처럼 설파했다. 그는 그뒤 오래 살지도 못하고 세상을 떠났다. 큰 회사도 은행에 빚을 지고 있고, 큰 나라도 외국에 차관을 쓰고 있는 것은 천하 누구에게도 돈은 부족하다는 진리를 잘 보여주고 있는 것이다.

세상을 바로 보면 이 세상의 어느 것이나 다 부족하다. 이 부족한 세상을 만족스럽게 여길 줄 알면서 태연자약泰然自若하게 살아가야 할 것이다.

# 역사고<sup>逆思考</sup>의 재미

지난, 6, 7, 8일을 전후하여 호우주의보가 계속 발령되면서 집집마다 바다로 향한 휴가 계획은 물거품이 되었다. 멀리 있는 귀여운 손녀들을 데려오기는 했는데 막상 어디 갈 곳이 없다. 연중 방학 때만 되면 유치원과 초등학교에 다니는 외손녀 셋이 큰 기대를 안고 외가에 오는데 올해 따라 계속되는 큰 비로 바다고 산이고 모든 길을 막아버렸다.

며칠 있다가 곧 돌려보내야 하는 초조감에 나는 생각을 역<sup>逆</sup>으로 돌려보았다. 비가 많이 오면 피서객이 줄 것이고, 큰 실내 수영장이나 실내 놀이터로 가겠다는 생각보다는 비가 그치기만 기다리지 않겠는가. 나는 가족과 함께 손녀들을 데리고 자동차로 1시간 거리인 부곡 온천으로 향했다. B온천장에는 어린이

입장료가 5천 원이었다. 실내에는 어린이 수영장이 따로 있고 온천장도 마음대로 이용할 수가 있었다. 뿐만 아니라 대공연을 구경하고 박제전시관, 식물원도 구경하면서 큰 비가 오는 가운데서도 풍성한 하루를 보낼 수 있었다.

거기에는 나와 같은 생각을 한 사람들이 많이 와서 조금은 복잡했지만 서로 불편할 정도는 아니었다. 여기서 보낸 하루는 아주 재미있었을 뿐 아니라 할아버지로서 손녀들에 대한 체통까지 세울 수 있었다. 뿐만 아니라 경비도 바다에 비하면 훨씬 적게 들었고, 교통 체증 같은 고통도 겪지 않았다.

흔히 궁하면 통한다는 말을 쓴다. 우리의 생각이 고정관념에서 벗어나면 새로운 길이 열린다는 뜻도 된다. 걸음걸이를 낯설게 하면 무용이 되고, 달리기를 낯설게 하면 축구가 된다. 소리를 변조하여 음악을 만들고, 날개를 아주 딴판으로 변조하여 프로펠러를 만들고 그것으로 하늘과 바다를 누빈다.

내가 싫어하는 사람에게 웃음과 따뜻한 말을 건넨다든지, 이념이 다른 정당끼리 서로 칭찬을 해본다든지, 남북관계도 서로 도와주고 위로하는 관계를 이룰 수는 없는지. 왕이 되고, 지도자가 되고, 장군이 되면 보통 사람이 생각하는 아주 평범한 생각은 할 수 없게 되는가 보다.

바닷물에 들어갈 수 없다면 실내 수영장에는 들어갈 수 있다는 데 동의할 수 있어야 하고, 바닷물은 소중하고 민물은 대수

롭지 않다는 생각부터 버려야 한다. 파도가 곧 물이요, 물이 곧 파도가 아닌가.

대구시내 공공도서관에서는 '북 스타트' 라는 프로그램을 만들었다. 어린애를 낳고 야외 나들이를 할 수 있는 시기가 되면 도서관에 와서 책과 놀도록 하는 생소한 아이디어다. 어머니가 책을 들고 아이의 젖을 먹이는 수유방까지 만들어 놓았다.

아이가 아주 어릴 때부터 장난감과 놀아야 한다는 상식적 육아법에서 책과 놀도록 하는 기발한 아이디어다. 그가 글자를 알 때까지는 어머니가 소리 내어 책을 읽어준다. 무슨 말인지도 모르지만 책과 가까이 하고, 책 읽는 소리에 정을 느끼고, 도서관의 독서 환경에 젖어 그의 생활 모두가 독서교육에 익숙해진다면 얼마나 큰 정신적 소득이 되겠는가.

역사고는 때때로 순사고의 벽을 넘어 크고 넓게 우리의 생활을 변용시키고 있다.

# 열린 생각

독선獨善으로 군림하고 있는 사람들이 흔히 "나는 마음을 열었다."고 호언한다. 마음을 비우기도 어렵고, 마음을 열기도 어렵다.

어린아이가 돈을 요구할 때 "얼마나 필요하냐?"고 묻는 것은 개방적 질문이고 "천 원 줄까, 2천 원 줄까?" 하고 묻는 것은 한정적 질문이다. 조삼모사朝三暮四는 물론 한정적 질문에 속한다.

일반적으로 조삼모사를 원숭이의 어리석음을 비유하는 말로 인식하지만, 실은 도토리를 하루 7개 이상 주지 않으려는 주인의 교활한 계략이 숨어 있는 것이다. '어떻게 하면 나라가 부강해지고 국민이 자유롭게 살아갈 수 있을까' 하고 생각한다면 개방적 사고에 들지마는 '어떻게 하면 남을 물리치고, 내가 집권을 할 수 있겠는가' 하는 생각은 한정적 사고다. 따라서 이 한정적 사고는 자기가 욕심으로 만든 통속에 자기 생각을 가두어 놓고 궁리하므로 살신성인殺身成仁의 경지에 도달할 수가 없다.

흔히 흑백논리로 2개의 가치만을 생각하는 것을 이치적 사고二値的思考라 한다. 내 생각과 다르면 상대방은 반동이 되는 것이다. 물론 여기에는 선과 악으로 포장하여 상대방을 철저하게 악으로 몰아붙인다. 불행하게도 우리의 역사 속에는 가치를 둘로 나누어 반대편 가치관을 무조건 폄하했을 뿐 아니라 반대쪽 사람들을 수없이 죽여 없앴다. 광복 후 이 흑백 사상의 대립에서 얼마나 많은 사람이 희생되었는가.

등소평은 흰 고양이고 검은 고양이고 쥐만 잡으면 된다는 개방적 사고로 중국의 눈부신 발전의 발판을 마련했다. 이것이 다치적 사고다. 다치적 사고多値的思考는 개개인의 생각을 인정하고, 각각의 가치를 다 수용하는 것이다. 황희 정승도 이러한 사고를 했던 것 같다. 이러한 생각에서는 당쟁도 사화도 없고, 오직 발전과 평화만이 존재한다.

개방적 사고를 했던 황 정승의 일화가 재미있다. 손님이 온다고 잘 차려 놓은 상 위로 아이들이 마구 올라가 맛있는 음식을 마음대로 집어먹었다. 그 아이들 가운데는 정승과 종 사이에서 난 아이들도 섞여 있었다. 이를 본 정승은 한마디의 나무람도 주지 않았다.

삼라만상은 정답이 없다. 그리고 세상은 결론이 없다. 나름대로 모두가 제 가치를 지니고 있다. 사람의 생각도 마찬가지다. 남의 생각을 인정해 줄 때 내 생각이 비로소 열리게 되고, 세상이 넓게 그리고 바로 보이는 것이다.

이러한 사고방식은 멀리 정치나 역사에서만 찾을 것이 아니라 내 자신 가정에서부터 어떤 생각을 하고 어떻게 실천하고 있었는가를 가슴에 손을 얹고 깊이 반성해야 한다.

# 머피의 법칙

약봉지에 손을 넣는다. 아침 식후 30분에 먹을 약을 쥐니 저녁 약이 나온다. 저녁 약을 찾을 때는 그와 반대다. 하는 일마다 왜 그리 어깃장을 놓는가. 몸살은 꼭 토요일 오후부터 시작한다. 병은 병원이 쉬는 날을 선호하는지. 결국 응급실에 가서 진통제라도 맞아야 하니 속이 뒤집힌다.

머피의 법칙은 미국의 항공기 엔지니어였던 머피가 1949년에 발견했다는 인생법칙이다. 이것은 잘못될 소지가 있는 것은 어김없이 잘못되어 간다는 의미의 법칙이다. 인생살이에 있어서 나쁜 일은 겹쳐서 일어난다는 설상가상雪上加霜의 법칙으로 곧잘 인용되는 말이 되었다.

내가 기대하는 확률은 반반이라야 하는데 꼭 바라지 않는 쪽이 더 많이 나타난다. 현대인에게 주어지는 수많은 숫자정보 중에서 확률은 적지 않은 비중을 차지하고 있다. 이러한 확률을 올바로 이해하는 것은 합리적인 의사 결정을 하는데 매우 중요하다. 현재 우리가 매일 대하는 확률정보에는 비나 눈이 올 확률, 각종 사고를 당할 확률 등이 있으며 사업 중에서도 보험이나 복권, 카지노 등은 확률에 바탕을 두고 번성하고 있다. 일기예보가 틀렸다고 야단이다. 따지고 보면 일기 예보가 맞을 때는 아무 소리도 않으니 확률은 틀리는 쪽으로 기울 것이라고 예단한다.

나는 직원이 30여 명에서부터 100여 명이나 되는 직장의 장으로 근무한 적이 있다. 이때 그들에게 사기를 올리는 방법으로 '내가 여기 근무하는 동안은 딸은 절대 낳지 않는다.' 고 선언을 했다. 물론 비공식적 장소에서 직원의 복지에 관한 화제가 무르익을 때 나온 말이다.

그동안 10여 명이 출산을 했는데 모두 아들이었다. 그 가운데는 3대 독자 아들을 낳아 그의 시어른은 나를 아주 좋아했다. 확률은 1:1이다. 그러나 아들을 희망하니 아들 쪽으로 확률이 쏠리게 마련이다. 나는 혹시 딸을 낳았을 때를 대비하여 '내 말을 진심으로 신뢰하지 않아서 그렇게 되었다.' 고 둘러댈 변명을 준비해 놓았다. 머피의 법칙을 뒤집어 놓은 일화다.

숫자정보사회 속에서 사람들의 확률에 대한 이해의 정도는 낮은 편이다. 확률이 차지하는 중요성을 고려할 때 머피의 오류가 법칙인 양 사람들의 입에 오르내리며 확률판단의 오류를 범한다.

급해서 택시를 기다리면 빈 택시는 길 건너편에 나타난다. 그래서 기다리다 못해 길을 건너가면 다시 반대편에 빈 택시가 지나간다. 또 운전하다가 기름이 떨어져 주유소를 찾으면 주유소는 꼭 반대편에 나타나는 등 일이 제대로 풀리지 않는다. 그러나 머피의 법칙은 법칙이 아니라 사람들이 자주 일으키는 판단의 착각일 뿐이다. 사람들은 어떤 사건의 확률을 평가할 때 쉽게 기억나는 사건들이 일어날 확률을 높게 평가하는 경향이 있다. 사람들의 경험 중에서도 어떤 것들은 머릿속에 오래 남아 있다. 이 같은 기억 중의 하나가 바로 일이 잘 풀리지 않고 꼬였던 기억이다.

설명하지 못하는 현상에 마주하게 되면 누구나 불안감을 가지게 된다. 그런 인간의 심리 때문에 당위성을 부여받고 만들어진 것이 법칙들이 아닌가. 아무튼 설상가상으로 나쁜 일들이 연달아 일어났을 때 머피법칙을 적용시키지 말고 앞서 자신의 삶을 침착하게 되짚어보는 여유가 필요하다. 지독히도 일이 꼬여 실패하고 말았다는 이야기가 아니라 기실은 그것을 잘 이겨냈다는 낙관적 결론으로 귀일시켜야 한다.

누가 전화의 법칙이라는 말을 지어냈다. 전화번호를 잘못 눌

렸음을 깨달은 순간 상대방이 통화 중인 경우는 절대로 없다는 것이다.

　머피의 법칙은 나쁜 일은 한꺼번에 일어날 수도 있으니 결코 좌절하지 말라는 교훈으로 삼아야 한다. 사노라면 어려움이 있게 마련이지만 전화위복轉禍爲福이나 새옹지마塞翁之馬라는 말이 더 적절하다는 것을 깨달아야 한다.

# 존경받는 지도자

중국 전국시대 말기의 사상가 한비자韓非子가 이르기를 "어느 나라 임금이 허리 가는 여자를 좋아 하니 궁중에 굶어 죽는 여자가 속출하고, 그 옆의 나라 임금은 말 타고 씩씩한 청년을 좋아하니 온 국민이 용감하게 되었다."고 했다. 지도자는 모름지기 그 나라와 그 사회의 먼 장래를 내다보는 혜안과 그 나라 국민이 나아가야 할 비전을 지니고 있어야 국민들도 거기에 관심을 가지고 따라 가게 되는 것이다. 코앞의 자기 이익만 생각하면 나라와 국민이 눈에 들어오지 않고, 오로지 자신을 지지해 줄 일시적인 여론과 표 밖에 보이지 않는다.

우리나라 역사에서 병자호란, 임진왜란, 일제강점기, 6·25 남침 등 나라를 잃거나 위기에 처했을 때 지도자들은 과연 무엇을 하고 있었던가. 당파싸움을 하더라도 최소한 유비무환의 정도正道는 지켰어야 했을 것이다. 그들은 촛불 앞에 광풍이 불어와도 그 바람 소리를 듣지 못하고, 흔들리는 촛불을 아예 외면했다. 사리사욕에 장님이 되고 귀머거리가 된 것이다.

지금 이 나라의 지도자가 되겠다고 목소리를 높이고 있는 분들의 모습을 보자. 옳은 지도자 같으면 국민에게 일을 더 많이 하고, 개인의 이익보다 사회의 이익을 앞세우며, 국가에 봉사하는 마음을 더욱 높이고, 단 것보다 쓴 것을 택해야 국력이 축적된다고 감히 주창할 수 있어야 한다. 부자 돈을 가난한 사람에게 나누어주고, 일하는 시간을 줄이고, 농어촌 빚을 정부가 갚아주고, 공부 안 해도 하고 싶은 특성만 살리면 대학에 넣어주겠다고 약속하는 사람은 한마디로 감언이설로 표만 얻겠다는 생각 뿐, 나라의 장래는 생각지 않는 것이다.

지난 현충일에 국립묘지에 안장된 많은 순국선열, 전몰용사들을 보았다. 순국선열, 전몰장병이 많다는 것은 당시 지도자가 유비무환의 책무를 외면했기 때문이다. 우리 역사에서 "나 때문에 귀한 젊은이들이 전사했다."고 자책한 지도자가 있었던가. 지금 우리 국민들은 너무 순진하게 부지런하고, 번영을 지향하면서 역동적 노력을 하고 있는데 지도자가 될 사람이 달콤한 공약으로 전진을 가로 막고 있는 것은 아닌지.

국민은 훌륭한 지도자가 환웅처럼 하늘에서 내려오기를 기다릴 것이 아니라 현명한 인재를 뽑아 이상적인 국가를 국민이 만들어야 한다. 그러나 애석하게도 세종대왕 같은 분이 정치판에 뛰어들지 않으니 그것이 선거제도의 문제점이 아닐 수 없다.

공자나 맹자가 살아서 천하를 두루 돌아다니며 왕과 제후를 만나, 나라를 바르게 다스리는 방법과 태도를 설파했지만 그의 말을 듣는 이는 한 사람도 없었다. 그래서 공·맹도 그때는 이름을 떨치지 못했다. 그 후 정치나 행정이 얼마나 모순되고 백성을 괴롭히고 있다는 데 답답함을 느끼자 성인들의 논리와 이상이 정치의 기본이 되고, 국태민안의 초석이 된다는 것을 알게 되었다.

지금도 우리가 뽑은 지도자가 공자의 언행을 실천해 보고 싶지만 정치판은 이것을 수용하지 않는다. 오히려 이러한 지도자를 어린애 장난으로 여기니 민주주의라는 것도 현실 앞에서는 답답한 이상에 지나지 않는다는 것이 안타까울 뿐이다.

# 패자의 자세

명심보감에서 큰 교훈을 주는 문구 중의 하나에 "자신을 굽히는 자는 능히 중요한 자리에 있을 수 있고, 이기기를 좋아하는 자는 반드시 적을 만나게 된다.〔屈己者 能處重 好勝者 必遇敵〕"라는 말이 있다. 이것은 항상 굽실거리며 살고, 승리를 외면하라는 뜻이 아니라 승리했을 때의 교만, 패했을 때의 좌절을 어떻게 의연하게 처신해야 하는가를 간접적으로 가르쳐주고 있는 것이다.

우리나라에서 개최한 월드컵 축구 경기에서 한국과 독일간의 4강전이 벌어졌다. 우리 선수들은 역사상 처음으로 얻은 4강 경기에서 아쉽게 독일에 분패했다. 경기장 안의 6만 5천 관중, 전국 곳곳의 붉은 응원단, TV 앞의 온 국민이 눈물을 삼키며 뜨거운 박수로 선수들을 격려했다. 패자치고는 너무나 어른스럽고 점잖은 모습으로 모범적 자세를 보여 주었다. 붉은 악마의 열기로 봐서 지고나면 큰 난리라도 날 것 같았는데 너무나 성숙하고 신사적인 모습을 보여주어 참으로 자랑스러웠다. 이것을 세계가 보고 있다고 생각하니 어깨가 으쓱해졌다.

우리의 삶은 평생 동안 이기는 일보다 지는 일이 더 많다. 이 많은 패배에서 그 설움과 좌절과 분노를 어떻게 삭이고 재도약의 발판으로 삼는가에 따라 그 사람의 인격과 장래가 내다보이는 것이다. 거기서 실패를 성공의 어머니로 만드느냐, 좌절의 어머니로 삼느냐를 결정짓게 되는 것이다. 많은 실패를 어떻게 재기의 계기로 삼느냐는 그가 최후에 웃는 자가 되는 관건이 된다. 역사는 승자의 기록이지만 그 승자가 패자였을 때 얼마만큼 와신상담臥薪嘗膽하며 신고辛苦를 이겨왔는가를 알아야 한다.

외신은 전 국민의 멋진 응원전, 완벽한 질서의식에 감탄하며 '한국 팀이 졌음에도 모든 관중이 박수치며 끝까지 선수들을 격려한 것은 한국인의 높은 질서 의식과 교육 수준, 단합된 마음을 보여 준 것'이라며 찬사를 보냈다. 축구공으로는 졌지만 마음과 자세로는 이겼다. 작은 공 하나보다 하늘만큼 큰 백의민족의 마음이 얼마나 더 위대한가를 세계인은 보았고, 눈에 보이는 공보다 눈에 보이지 않는 한국인의 마음을 비로소 들여다보게 된 것이다.

대구 동구 불로동에서 팔공산으로 올라가다가 보면 파계사와 팔공산길로 갈라지는 삼거리가 있다. 여기를 파군제破軍峙라 하고 신숭겸의 큰 동상이 서북쪽 산마루에 우뚝 서 있다.

　파군제의 원 뜻은 후백제 견훤 왕이 이곳에서 고려 왕건을 크게 무찔러 고려군을 완전히 파멸시켰다고 해서 파군제라는 이름이 붙여졌다. 그런데 왜 후백제 견훤왕의 동상이 여기 서 있지 않고 신숭겸의 동상이 서 있는가?

　신숭겸은 이곳에서 전세가 불리하자 왕건을 살리기 위하여 왕의 복장을 하고 군사를 지휘하다가 장렬히 전사했다. 이 틈을 타서 사병 복장을 한 왕건은 무사히 탈출할 수 있었고 후사를 도모할 수 있게 되었다.

　패자의 동상을 세운 것은 승자의 공로보다 패자의 충성심과 아름다운 희생을 더 높이 산 것으로 해석할 수 있다.

# 돌고래의 외로운 꿈

돌고래 복순이는 6년 만에 그가 살던 제주시 함덕 앞바다로 되돌아왔다.

언론에서는 인간과 생물의 건강한 공존을 위해 소통하고 협력한 모범 사례라고 찬사가 늘어졌다. 그들은 6년 전 여기서 남방큰돌고래 다섯 마리를 불법 포획했다. 암고래 복순이와 수놈 태산이는 서울대공원으로 옮겨졌다. 몇 년의 세월을 이곳에서 재주를 부리며 목숨을 부지했다. 묘기를 연출하는 대가로 약간의 고등어와 어묵을 얻어먹었다. 그 생활은 분명 감옥 생활이었는데 인간들은 큰 선심이나 쓰는 것처럼 선전에 열을 올렸다.

그러나 환경단체들은 그냥 있지 않았다. 법원에 고소를 했다. 대법원까지 올라가서 몰수형 선고가 내리고, 방류 결정이 났다.

그러나 잇속을 챙기기에만 정신이 팔린 인간은 한 해를 더 끌다가 그 전에 살던 제주 앞바다로 내려 보냈다.

암놈 돌고래가 왜 서울까지 이송되어 복순이라는 이름을 얻게 되었는가? 제주도 앞바다에서 돌고래들이 함께 붙들렸을 때 그들 가운데 가장 온순하고 말을 잘 듣는다고 서울로 뽑혀 올라오고, 복순이라는 이름을 붙여 그들의 돈벌이에 동원되었다. 서울대공원에서는 하고 싶지도 않은 온갖 재롱을 부려야만 했다. 복순이에게 꼭 필요한 것은 실컷 먹고 자유로이 헤엄치는 것뿐이다. 억지로 부려야만 하는 재주나 묘기는 잔인한 노예생활에 지나지 않는다.

여기서 인간들은 '칭찬은 고래도 춤추게 한다.'는 멋진 말을 만들어냈다. 인간들은 참으로 교활하고 비굴하다. 고래를 굶겨 놓았다가 무거운 몸을 물 위로 추켜올려 고개를 몇 번 흔들어대야 조련사는 뒷주머니에 담긴 먹이를 만지작거린다. 관객의 박수와 환호성이 높으면 먹이를 조금 더 얹어 준다. 이것은 칭찬을 해서 춤을 추는 게 아니고 춤을 춰야 먹이를 주는 것이다.

서울대공원은 돌고래들의 재주놀음을 구경하기 위하여 언제나 인산인해를 이루었다. 그것은 인간에게는 돈방석이었지만 돌고래들은 죽을 지경이었다. 복순이가 재주를 부릴 때마다 장내를 울리는 선전의 소리가 울려 퍼졌다.

"여러분은 복순이의 놀라운 묘기를 보고 계십니다."

복순이는 자기 이름이 나올 때마다 기분이 별로 좋지 않았다. 그가 왜 복순이가 되었는가. 돌고래 복순이는 족보도 없고, 부모가 누군지도 모른다. 오로지 먹고 사는 데만 관심이 높다. 다른 돌고래보다 온순하고 조련사가 시키는 대로 말을 잘 듣는다는 것뿐이다.

복순이와 비슷한 수놈이 같이 생활하는데 그놈의 이름도 인간처럼 태산이라 불렀다. 복순이와 함께 생활하며 구경꾼의 사랑을 받는다. 둘은 함께 생활하면서 조련사도 모르게 사랑을 했고, 복순이는 새끼를 뱄다. 그러나 인간이 그것을 몰랐던 것이 큰 불행을 낳았다. 12개월에 이르는 임신 기간이 막바지에 이르면 돌고래의 아랫배는 눈에 띄게 불러오고 유영속도도 현저히 떨어진다. 저항의 크기는 임신하지 않았을 때보다 2배가량 늘어난다. 그 결과 임신 말기의 돌고래가 낼 수 있는 최고 속력은 임신 전의 절반에 그친다.

환경단체의 등살로 그들은 제주도로 다시 돌아오게 되었다. 복순이는 제주도로 이송된 후 얼마 있지 않아 죽은 새끼 돌고래를 분만했다. 복순이의 임신 기간 중 서울대공원에서 조련사와 수의사는 이 사실을 확인하지 못했다. 무지하게도 분만 직전에 비행기에 그를 태워서 제주도로 이송했다. 그것은 큰 실수였다.

복순이는 죽은 새끼를 확인하고 나서 아무것도 먹지 않았다.

극심한 스트레스로 그의 마음이 얼어 붙어 신경질만 냈다. 조련사가 보기에도 모성애로 괴로워하는 그가 무척 불쌍했다.

　세월은 약이다. 2년의 적응 훈련이 끝나고 남해 바다 한가운데에 방류되었다. 자유니 생태계니 하는 인간들의 쓸데없는 이론과는 전연 다르게 그들에게는 먹는 것 외는 아무 의미가 없다. 조련사가 던져주는 고등어와 어묵을 받아먹을 때는 행복감을 느꼈지만 돈벌이를 염두에 둔 계산된 먹이는 혐오감을 자아냈다. 먹이 뒤에 찾아오는 억지 춤은 고래들을 무척 우울하게 했다.
　자유! 참 좋은 이름이다. 그것은 모든 생명체의 이상이요 지향점이다. 그러나 그 자유라는 곳이 처음부터 선택한 곳이 아니고, 자신이 살아가기에 불편한 곳이라면 그 이름은 악마의 명찰에 지나지 않는다.
　돌고래는 원래 육지에서 살다가 바다로 들어오게 되었다. 사람은 바다에서 살다가 육지로 옮겨 만물의 영장이 되었다. 그러고 보니 육지의 동물은 바다의 고기를 잡아먹어도 바다의 물고기가 육지의 짐승을 잡아먹는 일은 없다.
　이제 복순이와 태산이는 진정 자유의 몸이 되었다. 그러나 그들의 꿈은 여전히 외롭고 불안하다.

# 아름다운 미래

　누구나 건강한 성격을 가져야 한다. 아메리칸 대학 교수 듀에인 슐츠는 그의 저서 『건강한 성격의 소유자』에서 '심리적으로 건강한 사람은 과거 속에 살지 않는다. 다섯 살 전에 일어났을지도 모르는 일에 예속된다는 것은 낭비다.' 라고 했다.

　내가 어릴 때, 길에서 넘어지면 할머니는 돌부리를 나무라면서 나의 잘못을 감싸고 위로해 주셨다. 이것은 잘못된 교육이다. 분명히 나의 잘못을 지적하고, 앞으로 주의해야 할 점을 가르쳐 주셔야 했다.

　"패자는 넘어지면 일어나 뒤를 보고, 승자는 넘어지면 일어나 앞을 본다."고 했다. 모든 잘못을 제 탓으로 돌리고, 앞을 보고 나아가야 목표점에 정신을 집중할 수가 있다. 이것이 좋은 성격이고, 아름다운 미래를 창조할 수 있는 좋은 자세가 되는 것이다.

우리나라 역사는 너무 과거만을 따지고 미래에 대한 비전도 없이 당쟁으로만 허송세월한 슬픈 역사를 남기고 있다. 친구 간에도 지난날을 들추기만 하고 너무 정의만을 부르짖으면 깊은 우정을 기대하기 어렵다. 이 세상은 정의로 유지되는 것이 아니라 자비로 유지되는 것이다.

요즘 젊은이들은 배우자 선택 시 최우선 고려 사항으로 상대의 성격을 꼽고 있다. 최근 취업 정보에서 미혼 직장인을 대상으로 '배우자 선택 시 최우선 고려 사항'을 조사한 결과 '성격'이라는 응답이 53%, '경제력'이라는 응답이 21.8%로 나타났다. 우리는 외모나 집안 환경보다 성격을 중요시하고 있다는 것을 염두에 두어야 한다.

우리가 앉아 있는 이 세상은 행복한 면보다 불행한 면이 더 많다. 젊은이들은 모름지기 행복을 잡고 고난을 이기며, 자기 성취를 위하여 최선을 다해야 할 것이다.

지난날, 우리 부모님들은 좋은 성격을 지니고 어려움을 슬기롭게 극복하셨다. 어려운 생활환경에서도 부모님을 봉양하고, 많은 자녀를 잘 키우며 공부시켰다. 그러면서도 어두운 모습을 보여주지 않으려고 애썼다. 언제나 남보다 더 먼 길로 우회하면서도 오히려 그 험로의 풍경을 즐기시곤 했다. 자식들이 보는 앞에서는 고달픈 모습을 보이지 않고 그것을 가치 있게 미화해 보여주셨다. 염량세태炎凉世態를 개탄하면서 힘들여 시속에 물들지 않으셨다. 그리고 천 년 묵은 오동나무에서도 거문고 소리를 간직하며, 아무리 추워도 매화 향기를 팔지 않았다.

사람은 외로운 존재다. 돈이 많아도 자식이 많아도 벼슬이 높아도 심지어 사랑하는 사람과 함께 있어도 외롭다. 그러다가 정말 외롭게 이 세상을 하직한다. 윤동주님의 시「자화상」에서도 '우물 속에는 달이 밝고 구름이 흐르고 하늘이 펼치고 파아란 바람이 불고 가을이 있고 추억처럼 사나이가 있습니다.' 라고 자신을 외롭게 표현했다. 자기 자신이 밉기까지 해서 돌아가지만, 그 사나이가 가엽고 그리워 몇 번이고 우물을 다시 찾는 가련한 모습을 보여 주고 있다.

그러나 우리는 이 외롭고 가련한 모습에서 자신을 찾고 다시 일어서는 저력을 발견해야 한다. 아프고, 슬프고, 가난하고, 무시당하고 하는 그런 삶을 용기로 다시 소생시키고 반사적으로 젊은이의 피를 솟구치게 하여 행복과 승리로 승화시키는 계기를 만들어야 한다.

긍정적 사고는 건강한 성격을 형성한다. 그리고 그 성격은 밝은 미래를 약속해 준다. 불로중학교는 언제나 전투기의 이착륙 소음에 시달리고 있었다. 새 교장이 부임했다. 운동장에서 전교생에게 훈화를 하는데 전투기가 큰 소리를 내면서 이륙한다. 학생들이 눈살을 찌푸린다. 교장은 느닷없이 "저 비행기 소리가 시끄럽지? 밉지?" 학생들이 일제히 "예에!" 한다. 교장은 정색을 하고 "우리 하늘을 지키는 저 비행기가 없으면 적군 비행기가 쳐들어 왔을 때 누가 막아주겠는가?" 학생들은 대답이 없다. "여러분! 저 전투기는 시끄럽기는 해도 우리에게 얼마나 소중하고 고마운 비행기입니까!" 학생들은 금세 밝고 긍정적인 표정을 지으며 하늘을 쳐다보았다.

이 세상을 예쁘게 보면 우선 자신의 마음이 편해진다. 그리고 이러한 사고방식이 승화되면 모든 일이 쉽게 풀리고, 언제나 끝을 아름답게 매듭지을 수 있게 된다.

어릴 때부터 남을 곱게 보고, 사물을 아름답게 보고, 삼라만상을 긍정적으로 헤아리도록 배워야 한다. 긍정적인 사고는 건강한 성격을 형성하고 건강한 성격은 행복한 생활을 영위하게 한다.

# 수필의 자화상과 자서전과의 경계

## 1

운문하면 시가 먼저 떠오르듯 산문하면 수필이 먼저 떠오르게 되었다. 문학에 대한 인식이나 장르에 대한 비중도 급변하는 사회 환경에 따라 변하고 있다. 소설을 제쳐놓고 산문을 논할 때 수필이 대표 자리에 선 것을 부인할 명분은 없다. 아쉽게도 아직 이것을 인정하지 않으려는 사람이 많다. 종다수보다 장르에 대한 고답적 인식과 관례를 앞세우는 독선적 평론가의 주장 때문이다.

고문진보古文眞寶에는 전집前集에 고시古詩, 후집後集에 고문古文을 실었다. 여기 실린 고문은 사辭, 부賦, 문文, 서書, 서序, 기記 등 다양한 형식과 내용으로 되어 있으나 비교적 형식상의 구속이 없이 자유로이 쓴 글들이다. 산문의 위상이 그만큼 높았고,

그 형식과 내용은 오늘날의 수필에 가깝다.

근래 여러 곳에서 개최되는 백일장에는 운문부, 산문부로 나누지 않고 시부, 산문부로 나누는 경우가 많다. 그러나 산문부에 소설을 쓰는 사람은 없다. 결국 수필을 쓰고 있는 것이다. 그러므로 시부, 수필부로 나누는 것이 옳다.

지금 문학계에서는 수필이 전성기를 맞고 있다. 수필 인구가 그만큼 많다는 증거다.

수필이 자신의 삶을 소재로 하고 자신의 생각을 쓰는 장르로서 자연스레 자전적 글을 쓰게 된다. 여기에 상당한 혼종성이 작용하고 장르 간 혼란이 일어나게 된 것은 어쩔 수 없는 현상이다. 따라서 수필과 자서전은 어떻게 다른가. 그리고 수필과 자서전의 경계를 어떻게 명료화하는가는 매우 중요한 과제가 아닐 수 없다.

## 2

수필은 작가의 가치관이나 인생관 등이 직접적으로 표현되는 자기 고백적 문학이다. 특히 허구가 아닌 작가의 사상과 정서가 직접적으로 표출되는 자기 이야기의 문학이다.

수필이 문학이 되기 위해서는 쓰는 이의 깊은 생각이 있어야 하고, 느낌을 문학적으로 형상화하는 과정이 필요하다. 즉 개성 있는 구조와 표현을 통해 독자에게 감동을 가지게 해야 한다. 따라서 수필은 지은이가 자신의 생각, 태도, 성격, 인생관, 세계관 등을 자기만의 독특한 표현 방법을 통해서 직접적으로 드러내야 하므로 독자와 가장 가까이 마주하는 개성적 문학이 된다.

누구나 자기 자신에 대한 이야기를 하고 싶어 한다. 이 이야기의 대부분은 자기의 과거, 자기 생각을 주축으로 하고 있다. 인간의 본능적 자기 이야기를 외부에 표출하려는 것은 그 담론 위에서 자기를 새로 구축하려는 욕망이 있기 때문이다. 르죈은 '이런 점에서 자서전은 고백이며 동시에 도발이다.' 라고 했다.

자서전과 깊은 연관성을 지닌 내면 문학의 갈래에는 회고록, 전기, 자전적 소설, 자전적 시, 내면 일기, 자기 모사 이야기 그리고 수필이 있다. 그러나 자서전이 다른 장르와 뒤섞이는 것은 자칫 혼란을 가져올 우려가 있다. 문학의 소재가 자신의 과거 이야기라고 할지라도 자서전 속으로 타 장르가 흡수되거나 타 장르가 자서전을 생산해서도 안 된다.

필립 르죈은 새로운 자서전의 정의로 '한 실제 인물이 자기 자신의 존재를 소재로 하여 개인적인 삶, 특히 자신의 인성의 역사를 중점적으로 이야기한, 산문으로 쓰인 과거 회상형의 이야기' 라 하였다.

이 정의는 다음 요소를 충족시키면 자서전이 될 수 있다.

1. 언어 형태 - 이야기, 산문으로 되어 있을 것

2. 주제 - 한 개인의 삶, 인성의 역사

3. 작가의 상황 - 저자와 화자의 동일성

4. 화자의 상황 - 화자와 주인공의 동일성과 이야기가 과거 회상형으로 씌었을 것.

여기서 수필과 가장 밀접한 관계가 있는 것이 언어 형태에서 '이야기' 부분이다. 르죈은 이 이야기를 자기 묘사 이야기 혹은 수필도 포함되어 서로 전이가 가능할 만큼 깊은 연계가 있다고 했다. 또 인성이 자서전의 주요 규약이 되지만 수필에서는 인성의 제약을 받지 않는다. 자신에 대한 이야기가 주 내용이 되더라도 내가 어떤 인간이다 하는 인성 문제가 수필에서는 필요 요건이 되지 않는다.

지금 우리가 쓰고 있는 수필은 자연이나 여행과 관련된 테마 수필도 있지만 자전적 수필이 많다. 그러나 그 내용이 자서전의 극히 짧은 일부분이고 그 이야기가 짧고, 문학적 묘사가 강하여 우선 시각적으로 자서전과의 구별이 용이하다.


3


수필과 자서전의 경계를 애매하게 만드는 원인은 지속적으로 변화하는 장르의 한계점 때문이다. 그 원인은 다문화 사회로의 급선회, 외국 문화의 빠른 영입, 포스트모더니즘의 영향 등으로 변화를 가속화하는 문화의 혼종성에 있다.

 뜬구름을 따라 타관에서 방황하다가 인생 끝물에 허한 가슴을 안고 고향 땅을 찾는다. 어린 시절, 날만 새면 뛰어놀던 돌다리 걸에 서서 아래를 내려다본다. 우리들의 작은 무대였던 돌다리 걸은 복개 콘크리트 밑에 갇혀 들여다 볼 수조차 없게 되었다. 어린 새순처럼 자라던 꽃부리 같은 꿈도, 밤하늘의 총총한 별 같은 동무들의 이름도 이 속에 다 묻혔다.
 내가 태어나기도 전에 동네 입구를 가로 흐르는 도랑 위에 큰 돌여러 개를 얹어 다리를 놓았다. 이곳을 돌다리 걸이라 했다. 그 다리 밑에서 가재를 잡으며 판기, 씨돌이, 조환이 들과 다투고, 웃고, 물싸움을 하다가 날이 저물면 붉은 노을을 적시며 집으로 돌아갔다.

 필자의 「돌다리 걸」이라는 수필이지만 내면은 자전적 수상록이다. 이것을 수필이 되게 하는 요소는 문학성이다. 얼마만큼 글을 형상화하고 내용을 간결하게 함축시켰느냐 하는 데서 수필로 안착하게 된 것이다.

나의 소년 시절은 은빛 바다가 엿보이는 그 긴 언덕을 어머니의 상여와 함께 꼬부라져 돌아갔다.

내 첫사랑도 그 길 위에서 조약돌처럼 집었다가 조약돌처럼 잃어버렸다. 그래서 나는 푸른 하늘빛에 호저 때없이 그 길을 넘어 강가로 내려갔다가도 노을에 함북 자줏빛으로 젖어서 돌아오곤 했다.

그 강가에서 봄이, 가을이, 나의 나이와 함께 여러 번 다녀갔다. 까마귀도 날아가고 두루미도 떠나간 다음에는 누런 모래 둔과 그리고 어두운 내 마음이 남아서 몸서리쳤다. 그런 날은 항용 감기를 만나서 돌아와 앓았다.

할아버지도 언제 난 지를 모른다는 마을 밖 그 늙은 버드나무 밑에서 나는 지금도 돌아오지 않는 어머니, 돌아오지 않는 계집애, 돌아오지 않는 이야기가 돌아올 것만 같아 멍하니 기다려 본다. 그러면 어느새 어둠이 기어와서 뺨의 얼룩을 씻어준다.

김기림의 수필 「길」이다. 시적 자전적 수필이다. 아주 짧은 문장이지만 그 속에 많은 영상이 머리를 꽉 채운다. 수필의 문학성을 크게 높이는 데 기여했다. 물론 자서전은 아니다.

아버지를 묻을 때 나는 육군에서 갓 제대한 무직자였다. 벌써 30년이 되었다. 아버지는 오래 병석에 누워 계셨다. 병장 계급장을 달고 외출 나와서 가끔씩 아래를 살펴드렸다. 죽음은 거역할 수 없는 확실성으로 그 언저리에 와 있었다. 아래를 살필 때, 아버지도 울었고 나도 울었다. 관이 구덩이 속으로 내려갈 때 내 어린 여동생들은 따라 들어갈 것처럼 땅바닥을 구르며 울었다. 불에 타는 듯한, 다급하고도 악착스런 울음이었다. 나는 내 여동생들을 꾸짖어 단속했다.

- 요사스럽다. 곡을 금한다.

내 아버지께 배운 말투였다. 여동생들은 질려서 울지 못했다.

김훈 소설가의 「아버지」라는 소설 같은 자전적 수필이다. 느낌이 꼭 소설을 읽는 것 같다. 이것은 가식 없는 자신의 이야기다. 색다른 모습의 수필로 깊은 감동을 준다.

은초록 어린이집에 다니는 외손녀와 외손자가 연말 재롱잔치에 출연한다고 합니다. 어린이집은 우리 아파트단지에서 5분 거리에 있는데도 외할머니는 광화문 세종문화회관에라도 가는 양 아침 일찍부터 부산하게 움직였습니다. 덩달아 외할아버지도 바쁘게 옷을 챙겨 입고 나섰습니다. 어린이집 입구에는 오색 풍선아치가 세워져 있고, 1층 현관과 복도에는 아이들이 삐뚤삐뚤하게 그린 그림과 어설프게 만든 공작품들을 잔뜩 전시해 놓아 제법 잔칫집 분위기가 났습니다. 공연장인 3층 강당으로 입장하는 사람들은 대부분 젊은 아빠, 엄마들이었지만 할머니와 할아버지들도 꽤 많았습니다.

임무성의 「은초록 예술제」로 동화처럼 쓴 자전적 수필이다. 그는 에세이스트 55호에 '수필로 쓰는 동화'라는 난을 따로 만들어 이와 비슷한 글들을 따로 모아 게재했다. 이것은 동화가 아니다.

위의 예문은 자전적 이야기로 시, 소설, 동화의 장르와 접근하고 있지만 수필의 영역을 분명히 지키고 있다.

오늘날 자전적 문학은 문학 장르를 넘나들 수 있는 자유를 마음껏 행사하며 과연 이 글이 어떤 장르인가 구별하기 어렵게 하고, 모든 장르의 혼종성을 그대로 나타내고 있다.

자전적 수필이 자서전과 구별 지어지는 특징은 연대기적 기록문학에서 벗어나 있고, 다양한 장르를 넘나드는 혼종성을 지니고 있지만 수필의 본질을 고수하고 있기 때문이다.


4


수필문학 작품에는 대부분 자화상이 내재되어 있다. 자서전적 수필이라고 하더라도 평생의 이야기를 다 쓸 수 없는 한계성 때문에 자서전과 자연스레 구별이 된다. 수필은 시간의 흐름 속에서 사건을 일관되게 전개할 수 있는 언어의 연속적 표현 공간이 짧다.

따라서 수필문학에서 자화상은 이야기 요소를 부분적으로 채택할 수밖에 없는 짧은 이야기에 지나지 않다. 짧은 길이의 수필에서 자아는 자서전적 이야기가 아니라 부분적 지난 이야기를 형상화한 것이다.

필립 르죈은 자서전과 비교하여 자화상의 개념을 제시하면서 몽테뉴의 수상록을 자서전보다는 자화상에 가깝다고 했다. 자서전의 일반적인 규약과 비교해 보았을 때 몽테뉴의 수상록이 오늘의 우리 수필과 유사한 글이라고 보고 있다.

우리나라 수필은 고전에서 보인 자연을 즐기고 기리는 기행적 수필과 생활 주변의 내적 세계의 성찰을 주로 하는 수상적隨想的 수필의 두 경향이 서구 수필의 개성적 성찰과 대립하다가 1930년대에 수필의 형식을 갖추게 되었다.

최남선, 이광수, 박종화, 변영로 등의 단상斷想 만필漫筆과 같은 이름으로 써온 수상적 수필이 본격 수필의 기초가 된 것이다. 그 후 근대에 와서 수필 인구의 폭발적 증가와 포스트모더니즘의 사회적 큰 변화에 편승하여 자전적 시, 소설, 수필이 생기고 수필 형식으로 쓴 자서전도 등장하게 되었다.

내가 중심이 되는 의식 변화와 거기에 관심을 가지는 독자의 요구가 오늘날 대부분의 자전적 수필이 되게 하였다. 어떤 평론가는 수필에서 너무 나, 나 하는데 식상하여 역겨운 입 냄새가 난다고까지 혹평을 했지만 오늘날의 사조가 자아가 중심이 되고 있는 한 어쩔 수 없는 현상이 되고 말았다. 특히 수필이 자기 고백의 문학이기 때문에 남의 이야기도 자신의 견해나 자신의 생활과 대비하여 쓰지 않을 수 없게 된 것이다.

수필이 자서전과 다른 점을 열거해보면 첫째, 수필은 자서전처럼 과거 회상형을 취하지 않는다. 현재를 기점으로 과거의 사건을 원용할 뿐이다. 문학성에 중점을 둔다. 둘째, 수필은 이야기성이 부족하다. 수필은 자서전처럼 스토리를 구성하기에는 언어의 연속적 공간이 짧다. 토막 이야기에 지나지 않고 그 이야기도 스토리 내용보다 형이상학적 문학성으로 형상화하려고 한다. 셋째, 수필은 자화상이다. 화자가 전달하고자 하는 메시지를 직접 진술하는 문학 양상이다. 이것은 자서전과 동일하지만 자화상에 주제가 분명해야 한다. 구체적 자기 경험을 형상화하지만 그 초점이 주제와 떨어져서는 안 된다. 넷째, 글쓰기에서 언어적, 수사학적 요소는 중요하게 작용한다. '고향'이란 단어도 자서전에서는 실제적, 지리적 요소가 중요한 의미로 작용하지만 수필에서는 감성적 향수로 그 의미를 형상화한다. 고향이라는 과거 경험이 언어적 수사학적 요소로 장르가 갈라지게 되는 것이다.

이로써 같은 모델이지만 수필이 새로운 인공적 생산물로 재탄생하는 데는 언어적 의미의 폭이 더 넓고 깊어야 한다. 따라서 수필은 자전적 내용이라 할지라도 자신의 과거라기보다 현재의 상황에 더 짙게 물들여지게 되는 것이다. 특히 언어적 표현이 강하게 형상화될 때 그것은 현재의 자기 생각이 크게 작용하게 되는 것이다.


5


과거 자아는 고착된 완전체이자 초월적 존재로 인지되지만 현재의 자아 개념은 상황에 따라 관점과 표현이 지속적으로 변화하는 환경의 산물로 인식되고 있는 것이다.

자전적 수필, 특히 토막의 자서전을 수필로 썼다면 이것을 수필이 아니라고 할 수 있겠는가. 수필은 자신의 경험과 자신의 정체성을 쓰는 것인데 그 모양이 수필의 탈을 쓰고 있다면 수필이라고 할 수밖에 없다. 자신의 경험, 자전自傳이 수필이 되려면 결국 확실히 수필의 모양과 내용을 갖추어야 한다. 즉 언어 형태, 주제, 시제의 무한성 등 산문으로서의 다양한 요건을 갖추어야 한다. 결국 이러한 수필은 산문의 진가와 멋을 최대로 발휘할 수 있는 기회를 가질 수 있게 되는 것이다.

　수필은 산문의 대표다. 자서전이 수필의 탈을 쓰고 등장할 가능성은 높다. 혼종성의 물결은 쉼 없이 흐르고, 시대의 흐름을 따라 자연스레 새로운 모양의 문학 형태가 태동하게 된다. 특히 오늘날 자전적 수필의 물결을 타고 여러 장르가 혼종하게 될 가능성은 충분히 있다.

　산문의 총체적 책임을 지고 있는 수필은 자전적 소재를 벗어날 수는 없지만 자서전과 엄연히 다른 문학적 경계를 분명히 해야 한다. 그것은 평론가가 단정 지을 일이 아니고 작가가 분명히 해야 할 일이다.